AF378137

FEMMES ÉCORCHÉES

HONG MY

Le code de la propriété intellectuelle n'autorisant au terme de l'article L.122-5 2e et 3e a, d'une part, que «les copies ou reproductions strictement destinées à l'usage privé du copiste et non destinées à une utilisation collective» et, d'autre part, que les analyses et les courtes citations dans le but d'exemple et d'illustrations «toute représentation ou reproduction intégrale ou partielle faite sans le consentement de l'auteur ou de ses ayants droit ou ayant cause est illicite» (art. L 122-4) Cette reproduction ou représentation par quelque procédé que ce soit, constituerait donc une contrefaçon sanctionnée par les articles L. 335-2 et suivants du Code de la propriété intellectuelle.

© Juin 2019 - Api Tahiti éditions et diffusion
BP 4500 – 98713 Papeete – Tahiti
Polynésie française
contact@apitahiti.com

ISBN : 978-2-491152-02-4
EAN : 9782491152024

FEMMES ÉCORCHÉES

HONG MY

'API
Tahiti

ANITA

Papeete était sale : certaines rues empestaient l'urine, des façades étaient taguées, des carreaux manquaient sur des trottoirs, et un peu partout, il y avait des déchets au sol. Au détour d'une rue, on découvrait un ou deux clochards, couchés sur des cartons d'emballage ou sur des pages de *La Dépêche de Tahiti*, le quotidien local. Barbus, les cheveux longs, la peau tannée par le soleil et portant des vêtements usés et crasseux. Ils erraient dans la rue avec des sacs lourds à bout de bras, clopin-clopant sur leurs pieds nus.

Beaucoup de voitures circulaient au centre-ville si bien qu'il était difficile de trouver une place de parking. Restait la solution de se garer loin et de marcher sous un soleil de plomb. C'était justement ce que faisait Anita transpirant abondamment dans son tee-shirt taille XXL tandis qu'elle rejoignait sa voiture.

Anita, comme quarante pour cent de la population polynésienne, était obèse et peinait avec ses sacs, lourds de poissons et de légumes. Dans l'un d'entre eux, il y avait du thon rouge frais que sa patronne Dina préférait au thon blanc pour la préparation du poisson cru au lait de coco. Elle en avait acheté moins depuis qu'Irénia n'habitait plus à la maison. Elle était la femme de ménage de Dina depuis plusieurs années et connaissait bien ses habitudes, ses petites manies concernant la propreté des toilettes, ou la façon dont il fallait ranger les livres, et d'arroser les plantes du jardin. Ce n'était pas une patronne commode, mais elle payait bien. Son mari, sa fille et son gendre ne travaillaient pas et il y avait sa petite fille Vaihere. Ils dépendaient tous d'Anita.

Elle dépassa les étalages de bouquets de fleurs multicolores et remarqua un stand de cornets de glace pilée. Il y avait des bouteilles multicolores sur la table brillante en inox. Elle posa ses sacs avec soulagement, car ils commençaient à lui scier ses doigts boudinés. Sur la banderole accrochée au bas de la table, on pouvait y lire « *Shaved Iced* » en caractère givré et c'était exactement ce dont elle avait besoin. Elle commanda un verre au jeune homme qui portait sa casquette à l'envers.

La boisson glacée lui fit du bien et lui donna le courage nécessaire pour reprendre sa marche et rejoindre sa voiture. Un coup d'œil à sa montre, dont le bracelet était presque enfoncé dans sa chair, lui indiqua qu'elle avait le temps.

À onze heures, elle gara son 4X4 dans la cour de sa patronne. Elle descendit tranquillement de sa voiture, ferma la portière, attrapa les sacs plastiques et sentit une odeur de brûlé. En tendant le cou, elle vit effectivement de la fumée venant de l'arrière de la maison. Elle se fit la réflexion que sa patronne n'avait pas attendu qu'elle fut là pour ramasser les *pehu* et mettre le feu au tas de feuilles mortes.

Dina aimait beaucoup son petit potager où elle faisait pousser des plantes qui servaient à la préparation de *ra'au tahiti*. Anita ne savait pas reconnaître les plantes médicinales. Elle regrettait de ne pas avoir écouté sa mère qui lui avait pourtant expliqué les vertus de certaines d'entre elles et l'avait soignée de façon traditionnelle. Quand elle avait besoin de potions, Anita demandait à Dina des remèdes pour laver le corps de l'intérieur. Ça lui faisait du bien !

Elle se dirigea vers l'entrée. La baie vitrée était grande ouverte et elle s'attendait à voir sa patronne apparaître. Bizarre ! Quand Dina l'entendait arriver, elle venait l'accueillir.

- Je suis là ! dit Anita en entrant dans la maison.

Pas de réponse. Dina était-elle partie sans fermer à clé ? Non, car la voiture était bien dans le garage. Vaguement inquiète, elle commença à ranger les courses. D'abord, le poisson dans le frigo puis elle commença à sortir les légumes, tomates, concombres, et citrons quand elle remarqua des traces sur le sol. Elle s'approcha. Qu'est-ce que cela pouvait bien être ?

Dina n'était pas une personne ordonnée. Des livres, des magazines, des cahiers traînaient un peu partout. Elle avait une tonne de bibelots, des cadeaux réalisés par sa fille à l'école, des photos accrochées aux murs ou posées sur les étagères. Mais malgré ce fouillis, Dina voulait garder le sol propre et sa maison sans poussière. Ce n'était pas son genre de laisser des taches par terre.

Un souvenir vint à l'esprit d'Anita. Dina la reprenant vertement à propos de la propreté dans la chambre d'Irénia, parce qu'elle voyait des traces de pas et les empreintes de la serpillière. Mais, elle se rappelait aussi Dina, triant les vieux vêtements et jouets d'Irénia : « Prends-les pour ta *mo'otua* ». Qu'est-ce qu'elle avait été heureuse, Vaihere ! Elle avait mis pendant des jours et des jours la petite robe rouge, et faisait sa belle devant toute la famille.

C'est alors qu'Anita vit d'autres traces. Elle laissa les *pota* verts sur le plan de travail de la cuisine et s'approcha pour examiner ce qui ressemblait à des petites gouttes qui faisaient comme...

- Des taches rouge foncé.
- Du sang ?

Elle remarqua alors que les gouttelettes continuaient vers la chambre à coucher de Dina. Inquiète, elle les suivit tel le petit Poucet. Il se passait quelque chose de grave, elle le sentait et l'entendait. L'odeur du sang lui soulevait le cœur et le silence l'oppressait. Elle s'arrêta pile net à l'entrée de la chambre, les yeux écarquillés d'horreur. Elle reconnut d'abord la robe de sa patronne, et se fit la réflexion qu'elle n'avait jamais vu auparavant les jambes de Dina ainsi découvertes. Elle trouva la scène absurde et avait envie de lui baisser sa robe.

- Patronne?

Son regard se porta sur la figure ou du moins ce qu'il en restait. Une bouillie de chair et de sang. Elle hurla, avant de faire demi-tour. Elle courait aussi vite que son poids le permettait et trébucha sur les marches du perron, essuyant ses larmes d'un revers de main. Anita était profondément croyante, buvait des *ra'au tahiti,* croyait aux pouvoirs du *tahua,* chaman tahitien capable de guérir les maladies surnaturelles, évitait de déplacer des *tikis* par crainte de voir les *tupapa'u,* les revenants, la hanter, allait chez un *ta'ata taurumi* pour se faire masser quand elle avait mal au dos. Ce qu'elle venait de voir, c'était à n'en point douter la manifestation du Mal!

- Pourquoi seigneur? C'est le diable qui a fait ça! C'est le Diable! *Tiaporo*!

LA SCÈNE DU CRIME

Le bâtiment de la DSP, la Direction de la Sécurité Publique, était reconnaissable avec ses façades jaunâtres que des structures métalliques oblongues protégeaient de l'ensoleillement. Une bouffée d'air climatisé la rafraîchit instantanément quand le capitaine Camille Morvan pénétra dans l'immeuble. Elle franchit d'abord le sas où se tenait un agent d'accueil. Serge était un grand gaillard tout en muscle dont la principale qualité était l'écoute et la patience. Elle lui fit un bref signe de tête, car il semblait déjà très affairé. Une jeune femme, habillée d'un short de surf laissant voir un bout de son string rouge, et d'un débardeur à fines bretelles, un casque à la main, lui parlait.

- Je viens de me faire renverser par une voiture. J'étais en train de sortir du chemin et la voiture m'a fait tomber…
- Tu es blessée, demanda Serge gentiment.
- Non, ça va, mais le scooter, il est foutu et la voiture ne s'est même pas arrêtée !
- Donc, tu veux porter plainte pour délit de fuite.
- Voilà, je viens justement pour voir ce que je dois faire…
- Tu te rappelles comment est la voiture ?

Camille Morvan accéda à l'arrière du bâtiment par une petite porte puis grimpa à l'étage en empruntant un large escalier. Là, se trouvaient plusieurs bureaux en enfilade dont le sien qu'elle partageait avec ses collègues Charlène Siu et Arii Tehei. Ces derniers avaient déjà le nez dans leurs dossiers. Elle commença par allumer son ordinateur, s'assit à son bureau, et attrapa une chemise : une affaire de cambriolage dont la victime était un sexagénaire. Sa maison avait déjà été visitée plusieurs fois. Les deux dernières fois, ses racketteurs avaient laissé un mot pour lui demander de l'argent en échange de la tranquillité, tout en formulant des menaces de mort s'il les dénonçait. Il soupçonnait cinq personnes, des mineurs résidant dans son quartier.

- Arii, dit-elle. Prends les renseignements sur les cinq suspects et envoie leurs une convocation. Deux sont déjà connus dans les services.

Arii était un demi-chinois-tahitien dont la principale qualité était de rédiger des PV en un temps record et à qui on pouvait confier les tâches les plus minutieuses.
- Je demande à nos gars de faire une perquise ? demanda Arii.

- À mon avis, ils n'ont pas encore eu le temps d'écouler ce qu'ils ont volé. On trouvera des preuves à leur domicile pour les inculper.

- Ok, je m'en occupe, fit Arii.

Deux heures plus tard, un coup de fil mit fin à leur routine habituelle. Le capitaine Morvan décrocha et écouta Maite, préposée au centre de communication, qui recevait les appels du 17. Ce matin, une femme dans tous ses états avait appelé après avoir découvert un corps. Une patrouille avait été de suite envoyée sur place et avait confirmé la mauvaise nouvelle : il y avait bien un corps et il s'agissait d'un homicide.

Morvan retint son souffle. Un homicide ! Maite lui communiqua l'adresse. Un quartier bourgeois situé à vingt minutes de la DSP. Quand elle reposa le combiné, Arii et Charlène la regardaient avec des yeux interrogateurs.

- Un homicide à Pirae, quartier Vaimea !

Elle hésita un bref instant avant de répartir les tâches. Arii serait parfait pour l'enquête de voisinage et Charlène, dont le visage asiatique était aussi lisse que ses longs cheveux noirs, avait démontré maintes fois qu'elle savait garder la tête froide.

- Charlène, dit-elle, dès que nous arriverons, tu feras les premières « constates » avec moi. Arii prendra les dépositions des témoins.

Ils se levèrent promptement. Depuis qu'elle avait intégré la BSU, Brigade de Sûreté Urbaine, un des trois services de la DSP, Morvan n'avait eu affaire qu'à deux meurtres, celui du quartier Topa, et la sordide affaire Soraya. Charlène et Arii, quant à eux, n'avaient jamais eu à résoudre un homicide.

Dans le couloir, ils croisèrent leur collègue de l'Identité Judiciaire et responsable du SLPT, le Service Local de la Police

Technique, Iman Wolher, un grand gaillard imposant par sa taille.

- On se retrouve là-bas, lui lança Morvan.

Iman ne répondit pas et se contenta simplement de hocher la tête. La sacoche à la main, il se dirigeait manifestement vers la cour arrière où était garée la fourgonnette de service. Son équipier Christian, un homme sec et nerveux le suivait, prêt à affronter le pire.

Des voitures de police étaient garées le long de la route. Les collègues de la patrouille, selon la procédure, avaient délimité un périmètre de sécurité. Morvan s'arrêta derrière le véhicule de la police scientifique. Iman et Christian commençaient à remonter la fermeture éclair de leur combinaison. Le capitaine s'approcha d'eux pour enfiler la tenue, la charlotte, les gants et les chaussons jetables afin de ne pas polluer la scène du crime.

Arii et Charlène arrivèrent dans un fourgon de la DSP. La jeune femme avait avalé deux comprimés en buvant une eau au goût de plastique.

- Toujours des migraines ? demanda Arii en regardant sa coéquipière poser la bouteille d'eau qui avait chauffé au soleil.

Charlène acquiesça en espérant que la pression phénoménale dans son crâne se dissiperait. Ils sortirent du fourgon. Arii ouvrit la porte arrière et prépara son ordinateur portable pour auditionner les éventuels témoins.

- Comment font-ils pour savoir si vite ce qui se passe ? fit Arii en pointant du menton un journaliste reconnaissable à l'appareil photo qu'il portait à l'épaule.

Un policier en tenue lui parlait tout en lui barrant la route. Charlène reconnut Vincent Follet de la *Dépêche de Tahiti*, le spécialiste de la rubrique des faits divers du quotidien. Bientôt, un autre correspondant, celui de *Tahiti Infos*, le second quotidien de l'île serait certainement là. Plus tard, viendront *Polynésie Première* et *TNTV*, les deux chaînes de télévision. Au moins l'avantage de travailler à l'autre bout du monde, était de ne pas avoir à gérer une horde de reporters ou, pire, de paparazzis. Ce soir lors du JT, la population saurait qu'une femme avait été assassinée chez elle.

Quelques badauds se pressaient, des voisins pour la plupart, vite dispersés après que les collègues les eussent interrogés. Les deux policiers se regardèrent, constatant une fois de plus l'attrait de la population pour la violence, le sang, le crime.

    - Ça va, dit Charlène, Vincent est respectueux. Il fait son boulot comme nous. D'ailleurs, je ferais mieux d'y aller.
    - Bon courage, fit Arii.

Elle emprunta une petite allée bordée d'arbustes qui finissait en fourche. À droite, une maison blanche avec une toiture en tôle bleue, une terrasse encombrée d'objets et à gauche une seconde maison, nettement plus grande, de couleur rose avec une toiture rouge. Des collègues commençaient à ratisser le jardin. On pouvait reconnaître un manguier, un corossolier, et un papayer. Près de la maison blanche, il y avait un petit potager où poussaient du *miri*, et d'autres épices inconnues. Elle reconnut facilement la silhouette musclée et mince de son collègue Taiti lorsqu'il vient vers elle.

    - Tu es arrivé le premier, dit Charlène.

Il opina gravement, la mine un peu défaite et les sourcils froncés.

- Tu la connaissais ? demanda Charlène.

Charlène voulait savoir si Taiti avait déjà enregistré une quelconque plainte venant de la victime. Peut-être une femme tuée suite à une énième violence de leur *tane*, sans que les policiers eussent pu les protéger. Les violences conjugales étaient monnaie courante à Tahiti et avaient, le plus souvent, pour origine l'alcool sur fond de *paka*.

- *Aita* ! La seule fois où nous sommes intervenus dans le quartier c'était pour un vol ; plus bas, mais jamais jusqu'ici. Elle n'avait pas de *tane,* elle vivait seule. La maison à côté, c'est celle de son frère.

Beaucoup de ménages pouvaient construire si la famille était propriétaire de terres. Le patriarche léguait à chacun de ses enfants une parcelle de terrain. Des conflits survenaient lorsque dans la fratrie, un lot destiné à telle personne était convoité par une autre, ou pire réclamé par une branche lointaine de la famille. Les affaires de terre à Tahiti tournaient aux règlements de compte devant les tribunaux.

- Oui, acquiesça Charlène Siu, c'est plutôt un quartier tranquille. On a donc une femme assassinée par X ? Il n'y avait personne dans la maison ?
- Non, le frère était au boulot, et sa femme absente aussi. Les voisins n'ont rien vu, rien entendu, rien remarqué de bizarre dans la journée. La femme de ménage est arrivée à l'heure habituelle et a découvert sa patronne. C'est elle qui a appelé le 17. Elle est encore sous le choc. Nous étions sur les lieux en même temps que le frère de la victime et sa femme. On a eu un peu de mal à les tenir à distance. Ce n'est pas joli à voir…

Une brise légère faisait bruisser les palmes des cocotiers dans la quiétude du quartier. Une poule picorait et des poussins piaillaient dans le jardin à l'ombre du manguier. Il était difficile de croire qu'un meurtre venait d'être commis à quelques mètres d'ici, et surtout de savoir qu'un tueur était en liberté. Charlène frissonna malgré elle sous le soleil de plomb.

Taiti lui donna l'identité et la profession de la victime, l'informa de tout ce qu'il avait pu apprendre depuis son arrivée sur les lieux.

Puis, elle rejoignit le capitaine Morvan et Iman qui finissaient de s'habiller. Ce dernier fouilla dans le coffre de sa voiture dont la portière était restée ouverte, pour lui fournir le même attirail : blouse, chaussons, gants, masque.

- Le corps est dans la maison à droite de la propriété, expliqua Charlène tout en enfilant sa tenue. La femme de ménage l'a découvert à midi. Elle fait le ménage dans les deux maisons qui appartiennent à un frère et une sœur. C'est la sœur qui vient d'être assassinée…

Iman retroussa la manche de sa combinaison pour regarder sa montre. Ils savaient que les premières heures qui suivaient la découverte du corps étaient cruciales pour l'enquête. Il était quatorze heures. Ils étaient prêts.

- Et Claveau ? demandait Iman.
- Il est au courant, répondit Morvan. Il ne va pas tarder, il est retenu par un accouchement difficile… Commençons sans lui.

Malgré le masque qui lui cachait la moitié du visage, Morvan devina le sourire d'Iman Wolher. Il trouvait très drôle que le seul médecin légiste de l'île habilité à témoigner devant une cour d'assises soit également un gynécologue-obstétricien. Iman avait sorti son appareil photo et Christian lui aussi vêtu de la combinaison de technicien, s'était approché avec les cavaliers, petits ustensiles jaunes en forme de chevalet numérotés. Ils empruntèrent l'allée. La blancheur de leur tenue réfléchissait le soleil. Ainsi habillés, ils faisaient penser à des cosmonautes. Ils se dirigèrent tous les quatre devant la maison indiquée par Charlène, celle de droite. Ils restèrent un instant plantés devant l'entrée scrutant les alentours.

- Pas de chien et pas d'alarme non plus. La cible idéale pour un cambrioleur. La victime a été identifiée ?

La capitaine s'adressait à Charlène qui lui répondit :

- Dina Faure, professeur de français au collège La Mennais.
- Tu disais que la femme de ménage l'a découverte, elle a fait quoi exactement ? voulut savoir Iman.
- La baie vitrée n'était pas fermée, mais grande ouverte. Elle est entrée, a appelé, personne ne répondait. Elle a pensé que sa patronne était partie, mais elle s'est rendue dans la chambre, l'a vue et s'est enfuie.
- Elle n'a pas touché au corps, insista Iman, ou essayé de réanimer la victime, quoi que ce soit ?

Iman devait prendre les empreintes digitales de la femme de ménage ainsi que de tous les proches de la victime.

- Elle affirme que non. À mon avis, ce qu'elle a vu était assez explicite, elle a compris tout de suite que Dina Faure était morte.

Cette dernière réflexion trahissait la crainte de Charlène face à son premier mort. Iman lui adressa un regard rassurant. Elle lui sourit avec reconnaissance puis baissa les yeux pour examiner le sol tout en franchissant la baie vitrée. Ils se trouvaient dans la cuisine-salon. La pièce n'était pas grande. Christian prit des photos et Iman commença à pulvériser des produits au sol. Les deux policières avançaient au fur et à mesure de leur progression afin de ne pas contaminer les lieux. Plusieurs minutes s'écoulèrent dans un silence pesant, rompu seulement par le déclic de l'appareil photo de Christian qui immortalisait chaque scène avec soin. Ils avançaient lentement tandis qu'Iman inspectait le sol, les murs puis le plafond, posant les cavaliers sur un indice.

La maison ne paraissait pas avoir été fouillée, ce qui mettait plutôt à mal leur première idée : un vol qui aurait mal tourné. Il y avait des photos d'une petite fille qu'on voyait grandir sur tous les murs de la maison. Camille Morvan apprit ainsi qu'elle avait gagné une médaille lors d'une compétition de natation, et le premier prix d'un rallye de lecture. Dina Faure, comme toute mère fière de sa progéniture, avait mis en valeur tout ce qui concernait les prouesses intellectuelles et physiques de sa fille. Sur l'une d'elles, une petite fille et une femme qui souriaient devant l'objectif. Elle supposa qu'il s'agissait de la victime et de sa fille.

Morvan continuait de regarder autour d'elle, scrutant l'intérieur de la maison comme si elle voulait en percer les secrets, examinait chaque coin et recoin de la maison. Elle ouvrit la porte du réfrigérateur qui contenait peu de denrées alimentaires. Charlène enregistrait tout à l'aide d'un dictaphone.

- Comment les choses se sont-elles passées d'après toi ? demanda le capitaine à Iman.

Celui-ci regarda les taches de sang par terre.

- L'agresseur est entré par la porte, puis s'est trouvé nez à nez avec la victime.
- C'est peut-être une femme, rien ne prouve que ce soit un homme, dit Morvan.
- C'est juste. Il, ou elle, a frappé la victime ici d'où les gouttes de sang au sol.

Iman posa des flèches jaunes en plastique retraçant ce qu'il supposait être l'itinéraire du tueur jusque dans la chambre. Les deux femmes suivirent les techniciens à l'intérieur de la pièce.

Un lit king size occupait pratiquement toute la pièce. Il était dans un angle sous la seule fenêtre de la chambre. Il n'y avait que deux meubles : une table de chevet avec une lampe, et une penderie encastrée. Une autre porte donnait sur une salle de bains.

Le corps gisait au sol contre un mur.
Des éclaboussures de sang, des éclats d'os et de cervelle.
Un véritable bain de sang.
La boîte crânienne éclatée.

La scène était presque irréelle. L'air était rempli de l'odeur de la mort et le silence n'était interrompu que par le bourdonnement des mouches. La fenêtre était fermée et les rideaux tirés. Charlène résista à l'envie d'aérer la pièce. Ils avaient tous chaud dans leur combinaison, mais il était hors de question de toucher à quoi que ce soit avant qu'Iman et Christian n'eussent fini leur travail : prendre les photos, et relever les empreintes.

Il y eut un bref moment de flottement à la découverte du corps, puis il passa quand ils entendirent des pas.

- Voilà Claveau, murmura Iman.

En effet, un homme aux cheveux gris fit son apparition dans l'encadrement de la porte et les salua d'une main gantée.

- Ça va la compagnie ?
- Mieux qu'elle en tout cas, répondit Morvan en désignant le corps.

Claveau siffla devant l'horrible scène. C'était bien le seul qui se sentait à l'aise dans la pièce. Il adressa un signe de tête à l'équipe, puis reconnut Charlène et lui sourit gravement.

- Que s'est-il passé ? demanda Claveau
- Nous pensions à un cambrioleur surpris pendant son méfait, répondit Morvan. Mais rien n'indique qu'il y a eu vol.

Claveau laissa Iman photographier la position du corps, avant de s'approcher et de l'observer.

- D'après ce que je vois sur ces vêtements, elle a été tuée avec une lame bien tranchante. Un coup unique au niveau du thorax, et plusieurs fractures sur la boîte crânienne, constata Claveau. Bon, on en est sûr maintenant, ce n'est pas un suicide !

Sa plaisanterie tomba à plat. Il y avait des couteaux dans la cuisine, mais prouver que l'un d'eux était l'arme du crime allait être difficile. Le tueur avait probablement emporté l'arme. Le médecin légiste montra aux deux policières les plaies franches sur les avant-bras et les mains.

- Des plaies de défenses. Elle a essayé de se protéger, commenta Charlène.
- Exactement, fit Claveau en observant attentivement ce qui restait de visage sur le corps. Vous avez trouvé l'arme du crime ? ajouta-t-il assez fort, car les deux techniciens s'affairaient maintenant dans la salle de bain.
- Venez voir Claveau, ça va vous intéresser, dit Iman. Il y a un couteau près du lavabo ! On a des traces de sang et la douche a été utilisée récemment...

Claveau qui s'était accroupi près du corps se leva et se dirigea vers la salle de bain. Un couteau était en effet posé sur le rebord du lavabo. Il était propre, le manche en bois encore humide, et la lame faisait environ 3 cm de largeur et 20 cm de longueur.

- Alors ? demanda Iman qui saisit le couteau pour le mettre dans un sac.
- Ouais, ça pourrait convenir, il a les dimensions requises. Le tueur s'en est servi puis l'a nettoyé pour ne pas laisser d'empreintes digitales.

La salle de bain étant exiguë, les policières attendirent leur tour pour examiner la pièce.

- C'est donc une personne intelligente et organisée, dit Morvan. Ce que je ne comprends pas c'est pourquoi la victime n'a pas appelé à l'aide ? Elle s'est précipitée ici dans cette chambre plutôt que dehors. Pourquoi ?
- En tout cas, ce n'est pas pour téléphoner, répondit Charlène. Il n'y a aucun téléphone portable ou un poste fixe dans la chambre.

Claveau retourna près du corps dont il n'avait pas encore examiné la face postérieure. Il vit que la robe était également lacérée dans le dos. La victime avait essayé d'échapper à son agresseur, mais le tueur avait continué de la poignarder.

- La chambre a été fouillée, constata Morvan en voyant les tiroirs de la penderie à moitié ouverts et leur contenu en désordre. Papiers ou vêtements semblaient avoir été retournés. Le tueur cherchait quelque chose qui se trouvait dans cette pièce.

Ils regardèrent tous le corps comme si la victime pouvait répondre à leurs interrogations. Et de fait, même morte, son corps allait subir les derniers outrages par Claveau pour finir par leur dévoiler la vérité, ou du moins une partie.

- L'assassin devait être assez costaud, car il fallait être fort pour arriver à la défigurer ainsi : la petite dame n'était pas un poids plume, dit Claveau.

Un homme donc, pensa Morvan qui regardait Claveau froncer les sourcils tandis qu'il ouvrait ce qui restait de la mâchoire du corps. Il passa son avant-bras sur son front pour essuyer la sueur puis chassa d'une main les mouches qui virevoltaient autour de lui.

- Tu as trouvé quelque chose ?
- Oui, enfin… je dirais plutôt qu'il manque quelque chose. Regardez, attention à la flaque de sang ici !

Morvan et Charlène s'approchèrent, évitant de mettre leurs chaussures dans la flaque, se penchèrent et remarquèrent que la victime n'avait plus de dents. Le tueur l'avait pris pour un punching-ball. Mais le légiste leur désigna autre chose. Morvan tourna le regard vers lui, écœurée. Charlène retint un hoquet horrifié, puis son visage resta impassible. La victime n'avait plus de langue. Claveau qui avait observé attentivement le visage de Charlène, eut l'air satisfait de sa réaction.

- Qu'est-ce que ça veut dire ? fit Morvan en fronçant les sourcils.
- Aucune idée… arracher la langue n'est pas chose facile ! Il faut bien ouvrir la mâchoire et la maintenir fermement. En général, on a besoin d'une paire de tenailles pour faire ça.
- À quand estimes-tu l'heure de sa mort ? demanda Morvan.

Le légiste venait de prendre la température du corps. Il réfléchit un instant avant de répondre.

- Il fait très chaud en cette période et la fenêtre n'est pas ouverte. La rigidité commence à s'installer. Tu as vu les doigts comme ils sont enroulés dans les paumes des mains ? Par contre, il y a déjà des lividités… donc vu sa corpulence et la chaleur environnante, je dirais quatre heures environ.

Camille Morvan fit mentalement le calcul après avoir consulté sa montre : Dina Faure avait rendu son dernier soupir vers neuf heures. Iman et Christian réapparurent dans la chambre. Iman tenait un sac en papier et Morvan devina qu'il contenait le couteau. Le sac serait déposé au labo de chimie du CHPF, Centre Hospitalier de Polynésie française, au Taaone.

Les deux techniciens continuaient à prélever des indices pour les ranger dans leurs petites boîtes transparentes, prenaient les mesures à partir des cavaliers posés pour établir un plan des lieux à l'échelle, ce qui serait utile pour la reconstitution des faits. C'était long et fastidieux. Une fois la tête et les mains protégées dans un sac en papier, le corps fut placé dans une housse de protection. Les pompes funèbres arrivèrent pour l'emporter à la morgue du CHPF. Claveau partit également pour retrouver ses autres patientes, bien vivantes celles-là.

Maintenant, il fallait interroger la famille. Une famille endeuillée.
Charlène respira un grand coup : cela n'allait pas être facile !

LA FAMILLE

Laissant Morvan avec Iman et Christian, Charlène Siu sortit de la maison. Elle avait besoin d'air après ce qu'elle venait de respirer et de voir. Son cœur s'affolait comme après une course folle, et ses tempes bourdonnaient. Cette pauvre femme morte dans des circonstances si horribles. Qu'avait-elle bien pu ressentir ? Avait-elle compris ce que le tueur voulait ?

- Ça va ?

Perdue dans ses réflexions, elle n'avait pas entendu Arii s'approcher.

- Oui, répondit Charlène, mais je ne sais pas comment il peut bosser avec des morts…

- Qui ?

Charlène désigna du menton, la voiture de Claveau qui manœuvrait pour effectuer un demi-tour et s'éloigner du quartier.

- Il faut bien que quelqu'un le fasse. Et toi, tu tiens le coup ?

- Pas vraiment… Tu sais ce qu'a fait l'assassin ? Il lui a arraché la langue, et d'après Claveau, ce n'est pas une chose qu'on fait comme ça en quelques secondes. Le tueur s'est acharné sur la malheureuse femme !

Arii resta silencieux. Charlène sembla sortir de sa torpeur :

- Bon alors, de ton côté, tu as une piste ?

- Les collègues ont trouvé les restes d'un feu récent au fond du jardin et parmi les cendres, un bout de tissu taché de sang.

- Où cela ?

- À l'arrière de la maison.

- Intéressant, commenta Charlène.

- Je t'attendais pour interroger le frère de la victime, Pascal Faure.

- Je me débarrasse d'abord de cette combinaison et on y va.

La maison voisine était plus grande : le salon était spacieux et comportait une belle cuisine américaine. Dans l'air flottait une odeur sucrée et suave que Charlène reconnut comme étant celle de la vanille. Les Faure, immobiles et silencieux, étaient assis dans un canapé en cuir. L'homme semblait prostré et la femme choquée.

- Je suis Charlène Siu, et voici Arii Tehei, veuillez accepter nos sincères condoléances. Je suis désolée de vous importuner, mais j'aurais quelques questions à vous poser.

Pascal Faure était un homme grand et plutôt séduisant aux tempes grisonnantes. D'après les photos vues chez Dina Faure, on pouvait reconnaître les traits de famille : même visage carré au menton large, bouche charnue. Ce dernier la regardait douloureusement tandis qu'elle lui parlait.

- Des questions ? Pourquoi vous ne cherchez pas l'assassin de ma sœur ?
-
- Habitués à ce type de réaction agressive, les policiers restèrent neutres. Leur mission était de trouver le coupable, c'était ce qui était le plus important même si pour cela, il fallait bousculer les personnes et les proches victimes d'une agression. Or il s'agissait d'un meurtre.
-
- Vous pouvez nous aider, car tout indique qu'elle connaissait son agresseur, et nous avons besoin des noms de toutes les personnes en relation avec votre sœur. Quand l'avez-vous vue pour la dernière fois ?
- Hier soir. Nous sommes sortis manger aux roulottes à Vaiete.
- Non loin de la rade, des dizaines de fourgonnettes transformées en restaurant-snack, stationnaient et proposaient des plats en tout genre dès la tombée de la nuit : galettes, pizzas, plats chinois, et grillades.
- Pascal Faure se tut, attendant la suite des questions.
- Comment vous a-t-elle semblé ? Vous aurait-t-elle fait part de soucis ou d'inquiétudes ?

- Rien de tel. Nous avons mangé, discuté de choses et d'autres à propos de nos enfants, de son travail, de la journée que nous venions de passer, de notre père que nous venions de perdre.

- Avait-elle des ennemis ? demanda Charlène. Peut-être qu'elle s'était disputée avec quelqu'un récemment ?

- Non, ou alors je ne suis pas au courant. Ma sœur est casanière. Elle ne sortait pas, et elle n'avait que très peu d'amis. Elle passait son temps libre à lire ou préparer ses cours, quelquefois à jardiner plutôt.

- Qu'avez-vous fait après les roulottes ?

- Nous sommes rentrés et nous sommes allés nous coucher.

- Comment ça s'est passé ce matin ?

- Je me suis levé tôt, car j'avais un vol de programmé. Je suis pilote chez Air Tahiti. Je décollais à 7h, je suis rentré vers 9h. J'ai disputé un match de tennis avec mon collègue… jusqu'à ce que Val m'appelle et me dise que je devais rentrer tout de suite.

- À quelle heure vous a-t-elle appelé ?

- Pas loin de 11h30, je dirai.

Il s'interrompit un moment et prit sa tête entre ses mains pour se calmer et reprendre ses esprits.

- Elle était toujours chez elle le mardi ?

- Oui, elle restait à la maison toute la journée.

- Fréquentait-elle quelqu'un en ce moment ?

- Non, fit Pascal.

Il ne semblait avoir rien d'autre à ajouter. Valérie, sa campagne, confirma :

- C'est vrai. Depuis sa séparation avec Max, elle n'a eu aucune relation durable avec un homme.

- Depuis combien de temps, la séparation ? demanda Charlène
- Irénia avait 3 ans… donc ça va faire 19 ans !

Silence. Les deux policiers se regardèrent, pensant sans doute la même chose : quelquefois, pour ne pas perturber l'entourage, les couples se revoyaient en cachette.

- Continuaient-ils de se fréquenter depuis leur séparation ? demanda Charlène
- Non, pas du tout, fit Pascal catégorique.

Arii nota le nom de l'ex-compagnon. Valérie confirma aussi avoir vu la victime la veille au soir.

- Parlez-moi de sa fille, demanda Charlène.
- Elle vient de terminer ses études en arts plastiques. Elle a un atelier à Punaauia et peint des tableaux.
- Est-ce qu'elle vient de temps en temps chez sa mère ?
- Non, répondit d'une voix hésitante Valérie Faure. En fait, elle est très occupée, car je crois qu'elle prépare une exposition.

Quelque chose la perturbait visiblement. Arii demanda également le nom et les coordonnées de la fille de la victime.

- Comme pour votre conjoint, j'ai besoin de savoir comment s'est déroulée votre journée ?
- Je suis allée à mon club de gym, à «L'entrée des Artistes», j'ai fait deux séances d'affilée, de 8h à 10h. Puis Anita, complètement paniquée m'a appelée et m'a dit que…

La voix de Valérie se brisa. Pascal Faure passa un bras protecteur sur les épaules de sa femme. Arii, qui avait interrogé Anita lui fit signe que cela concordait avec son témoignage.

- Merci pour votre aide. Si autre chose vous revenait à l'esprit concernant Dina ou quoi que ce soit d'autre d'inhabituel, contactez-nous à la DSP.
-

- Ils sortirent tous les deux de la maison, s'éloignèrent de quelques mètres.
-

- Tu en penses quoi ?
- J'ai l'impression que Valérie Faure cache quelque chose.

Charlène acquiesça. Elle avait aussi remarqué son tressaillement lorsqu'ils avaient évoqué le père et sa répugnance à parler de la fille de la victime.

- Il faudra l'interroger seule. Peut-être qu'elle sait si Dina voyait un homme sans mettre sa famille au courant.
- Eh ben, si elle a réussi à garder ce secret, chapeau ! Tu connais « Radio Cocotier » ? Il n'y a rien ici que tu puisses faire sans que le voisin soit au courant.

Il était 18 heures quand ils mirent la maison sous scellés. Tous se préparèrent à quitter les lieux et à retourner à la DSP. Ils firent un débriefing et commencèrent à rassembler les informations. Morvan appela le Procureur et lui exposa brièvement les faits et les indices trouvés. Quand elle raccrocha, elle vit que ses collègues semblaient assez bouleversés. Il était primordial de garder la tête froide et de suivre la procédure, ne pas se laisser emballer par des déductions sans preuves.

- Le Parquet ouvre l'enquête de flagrance, expliqua Morvan. Nous avons donc quinze jours pour découvrir l'assassin, après, cela ne sera plus de notre ressort.
- On a l'arme du crime, un échantillon du sang. Cela devrait suffire pour connaître le coupable, non ?
- Oui, rétorqua Morvan, mais il faut quelques jours avant

d'avoir le résultat. Il ne faut pas que cela nous empêche de questionner le voisinage et les proches. Il nous faut connaître le mobile du meurtre.

Morvan se rappela le stage qu'elle avait effectué à la Crime. L'excitation, la traque qui suivait. Un mort, et à partir de rien, on reconstituait toute sa vie, ses peurs, ses désirs. Jamais elle n'oubliait que la personne avait été vivante. On pénétrait l'intimité d'une personne, d'une famille et alors, on pouvait comprendre ce qui s'était passé. Elle était persuadée que ce carnage n'était pas le fait d'un vulgaire voleur.

- Dina Faure, résuma Charlène. Professeur de français dans un collège. Séparée, vit seule, a une fille de 22 ans qui vient la voir de temps en temps. Pas d'amant connu. Pas d'ennemi connu.
- On ne sait rien quoi, fit Arii.
- Il est tard et nous sommes fatigués après cette rude journée, dit Morvan. On décide demain par quoi nous allons commencer. Reposez-vous et revenez frais et dispo.

En route pour rentrer chez elle, la capitaine Morvan réalisa qu'elle avait oublié de prévenir son mari qu'elle rentrerait tard. Ce dernier avait dû voir les informations du soir et tout de suite compris que sa femme ne dînerait pas avec eux. Quand Morvan arriva chez elle, son assiette était dressée, et sa fille de douze ans était déjà au lit. Il était vingt heures.

QUI EST DINA FAURE ?

Maxime Barrey faillit lâcher la cuillère en bois quand il se brûla le poignet avec le bord de la sauteuse. Il ouvrit le robinet et mit sa main sous l'eau froide. La peau n'avait été touchée qu'une fraction de seconde, mais c'était suffisant pour imprimer une tache rouge à l'intérieur de son poignet.

Il lui faudrait plus tard mettre un peu de pommade dessus. Il versa les aubergines et les tomates coupées en dés dans la sauteuse, mit le couvercle et laissa mijoter tandis qu'il préparait la viande. Tout en découpant le filet en petits morceaux, il pensait à Dina. Il n'arrivait pas à croire qu'elle était morte.

« Je t'aimerai jusqu'à ma mort, lui disait-elle. Je veux fonder une famille avec toi et que nous élevions notre fille tous les deux. Maintenant, tu fais partie de moi et de mon clan »

Finalement, elle était morte en le méprisant et elle avait élevé leur fille seule.

« Si je n'étais pas tombée enceinte, tu m'aurais quittée, n'est-ce pas ? Moi, non. Je n'aurais pas pu te quitter, je voulais rester toujours avec toi. Tu es mon amour, et je suis gaga de toi, tu sais ? J'ai de la chance d'être avec un homme gentil comme toi qui m'écoutes parler »

Elle était tombée enceinte alors qu'ils venaient à peine de se connaître. Il croyait que tout se passerait bien, qu'elle ferait une bonne mère.

« Je me disais que je pourrais l'élever seule et affronter mon père qui ne voulait pas d'un mo'otua illégitime… Mais finalement, tu es là, et tu vas reconnaître l'enfant. Je suis ta femme et tu es mon mari même si nous ne sommes pas mariés devant la loi ! Et moi, quand j'aime, c'est pour toujours, toi et le bébé. Maintenant vous êtes ma famille. »

La famille. Il n'avait jamais fait partie de la famille. Il mit tous les morceaux de viande dans la sauteuse, les remua avec les légumes, puis ajouta du poivre et du sel. Il n'avait pas été heureux. La maison était trop petite pour eux trois. Ils avaient fait les démarches pour des travaux d'extension puis Dina avait changé d'avis. Il avait vécu là-bas sans réelle intimité. Malgré ce que Dina faisait croire, il ne l'avait pas quittée. C'était elle qui l'avait chassé. Que pouvait-il faire, il n'était pas chez lui. Il était donc parti et il avait été si… soulagé !

Hina, sa compagne, entra dans la cuisine.

- Je vais t'aider, dit-elle simplement en attrapant l'éponge et un couvert sale dans l'évier.

Max l'observa du coin de l'œil. Aujourd'hui, il s'était rendu à son travail, espérant déjeuner avec elle. Absente. Il était retourné au bureau déçu, se contentant d'un casse-croûte pris dans un snack sur le chemin du retour. Il avait appelé sur son portable. Pas de réponse. Elle n'avait pas cherché à le joindre non plus.

- J'ai raté ton appel.

C'était l'occasion de lui dire pour Dina.

- Oui,… j'ai reçu une terrible nouvelle.

En apprenant le décès de Dina, il n'avait plus pensé à Hina, mais seulement à sa fille et à ce qui allait se passer. Mais à présent, les questions ressurgirent. Où était Hina et pourquoi n'avait-elle pas répondu au téléphone ? Hina commença à faire la vaisselle, avec son efficacité habituelle comme tout ce qu'elle faisait.

- Quelle nouvelle ?
- Dina est morte.

Hina s'arrêta net, l'assiette pleine de mousse dans sa main.

- Quoi ?
- Elle a été tuée.

- Quand ?

- C'est arrivé ce matin. C'est Irénia qui m'a appelé en pleurs.

Hina posa l'assiette sur l'égouttoir. Elle attrapa une serviette pour se sécher les mains.

- Et comment elle va ?
- Elle est bouleversée.
- La pauvre… et toi, tu te sens comment ?
- Je suis triste pour ma fille. Si elle a besoin de moi et souhaite que je sois à ses côtés, elle pourra compter sur moi.
- Normal, commenta Hina qui semblait toujours distante.
- Je prendrai peut-être quelques jours de congés.
- Bien sûr, tu dois aussi être touché par sa disparition.

Maxime se raidit à ces mots. Il ne pouvait décemment pas avouer que la mort de Dina ne lui faisait rien. Il se borna donc à préciser platement :

- Ce n'est pas ce que tu penses. Je te l'ai dit : je suis triste pour ma fille. S'il n'y avait pas eu Irénia, je n'aurais jamais gardé contact avec Dina. Elle serait sortie de ma vie depuis des années.
- Là, elle est sortie définitivement de ta vie.

De *notre* vie, pensa Hina, incapable de ressentir la moindre compassion pour une femme qui avait insidieusement empoisonné sa vie. Ils s'assirent tous les deux à table et commencèrent leur repas en silence. Étrange cette envie de quitter la maison. Prendre ses clés, et conduire sans s'arrêter. De plus en plus souvent, Hina ressentait le besoin de fuir la maison… et Maxime. Il fallait pourtant qu'elle arrête d'y penser, mais le passé vous rattrape toujours.

Hina avait grandi dans un quartier misérable de Papeete où les enfants n'avaient aucun avenir. Son père travaillait comme manœuvre et sa mère restait à la maison, vautrée sur son canapé toute la journée à regarder la télé et à manger. Ses parents lui disaient qu'à l'école on n'apprenait rien, que cela ne servait à rien. Pourtant elle aimait l'école et elle apprenait. Elle était une élève studieuse. Un jour, elle avait ramené un bulletin scolaire excellent et le principal du collège avait appelé ses parents pour leur dire que Hina avait la meilleure moyenne de toutes les classes de 6e du collège.

Sa mère, pas contente, lui avait demandé de préparer le repas. Mais, depuis ce jour, son père avait eu plus de considération pour elle. Il était fier de sa fille, et racontait à tout le quartier, combien elle était méritante. En gagnant l'estime d'un père, elle avait perdu l'amour d'une mère. À chaque attention ou geste d'amour du père, elle recevait une claque de sa mère. Gifles, coups de pied, tirage de cheveux et les oreilles, coups de bâton ou de balai *ni'au*, constituaient son quotidien à la maison. Un repas refroidi, un pli sur une robe mal repassée, une miette restée sur la table, un objet pas rangé à sa place occasionnait une punition terrible. Elle s'acquittait de tout à la maison, espérant avoir enfin une marque d'affection pour tout ce qu'elle faisait, mais non, sa mère n'était jamais satisfaite.

Quand le voisin avait essayé de l'attirer chez lui, elle s'était enfuie. Elle savait, tous les enfants savaient, ce que le vieux Roti faisait dans son petit *fare* en bois. Il leur avait proposé de jouer à un jeu s'ils venaient à la maison en les attirant avec des bonbons. Elle, deux autres petites filles et un garçon du quartier l'avaient suivi. Il s'était déshabillé et voulait qu'ils fassent pareil, comme ils ne bougeaient pas, il avait voulu le faire lui-même et s'était approché d'elle. Elle avait crié : je vais tout dire à papa, laisse-nous tranquilles ! Roti avait fait une grimace, mais il n'avait plus jamais essayé de l'attirer chez lui, se contentant quand il la voyait passer de lui montrer sa queue dégoûtante.

Quand elle allait chez sa copine qui habitait dans la même rue, cette dernière montait dans la chambre avec le beau-père quand il l'appelait. Hina croyait que tout cela était normal, car toutes ses copines lui racontaient plus ou moins la même chose, avec le frère, le beau-frère, le tonton, le cousin, le grand-père ou le copain d'un frère.

Elle croyait qu'elle et sa sœur, trois ans plus jeune, ne risquaient rien maintenant parce que Roti craignait son papa qui était grand et fort. Dans le quartier, il était respecté. Elle était si naïve. Bien sûr, elle s'était trompée : elle n'était pas plus à l'abri que n'importe quelle fille du quartier.

Hina chassa les souvenirs. Dina avait été assassinée. Il y aurait une enquête. La police viendrait forcément pour interroger tout le monde. Elle aussi. Elle ne pourrait pas dire qu'elle était au travail. Elle n'avait jamais souhaité la mort de Dina. Elle avait parfois voulu que cette dernière souffre pour tout le mal qu'elle avait fait. Mais la mort non.

Elle jeta un coup d'œil à Max plongé dans ses pensées. Il l'avait appelée, mais elle n'avait pas pu répondre. Elle n'avait même plus envie de lui parler. Son coup de fil était tombé au mauvais moment. Elle ne le supportait plus.
Treize ans, ensemble ! Le bilan de toutes ces années ? Il ne l'avait jamais épousée comme il avait dit, elle ne pourrait plus avoir d'enfant parce qu'elle était trop âgée, et l'expérience de la famille recomposée avec Irénia avait été un échec. Pas de mari, pas d'enfant, pas de famille en dépit de tous ses efforts pour réaliser son rêve. Rien.

Elle s'imagina quitter la pièce, prendre les clés de sa voiture et disparaître dans la nuit sans se retourner. Partir. La liberté.

L'ENQUÊTE DE FLAGRANCE

Le lendemain matin, Camille Morvan sut que la nuit avait été chaude. Deux individus avaient été interpellés et se trouvaient en cellule de dégrisement. Il y avait encore eu une bagarre dans le quartier de Miri. Un énième conflit entre deux gangs probablement. Le trafic juteux de la drogue, même dans la société polynésienne, séduisait énormément de jeunes au chômage. Ceux qui quittaient leurs îles lointaines, pensant trouver un travail dans la capitale de Papeete, déchantaient très vite. Ils étaient des proies faciles, séduits par l'argent de la drogue. Les infractions liées aux stupéfiants avaient donc triplé depuis dix ans. Le pire étant que cela ne se limitait plus au trafic de *pakalolo*, mais aussi à l'ice ou à la cocaïne aux effets dévastateurs. Les « cultivateurs » et les « dealers » s'organisaient de mieux en mieux et faisaient même preuve d'ingéniosité malgré les enquêtes de repérage à pied ou en hélicoptère.

Cela faisait des années que Morvan était à Tahiti, et elle devait reconnaître que la situation était alarmante. Mais les résultats obtenus étaient loin d'être décevants, la police et la gendarmerie continuaient de lutter sans relâche. C'était le principal fléau, car les meurtres étaient rares à Tahiti. Celui de Dina Faure allait marquer les esprits.

Elle s'assit et parcourut rapidement les PV concernant la petite délinquance : un scooter et un téléphone portable volé, disputes et violences conjugales. Puis elle s'attaqua aux procès-verbaux concernant le meurtre. Le voisinage avait été interrogé. Un professeur, qui enseignait dans le même établissement que la victime, avait simplement déclaré qu'il ne la connaissait guère. Quant au couple de retraités et à l'ancien combattant, ils ne la voyaient que lorsqu'elle passait en voiture. Leurs alibis et leurs antécédents manquaient. Elle prit la déposition des Faure. Son frère et sa compagne ne révélaient rien non plus. Aucune piste sérieuse à exploiter. Finalement, elle fondait ses espoirs sur le couteau, mais on n'y trouverait probablement aucune empreinte. Pour l'échantillon de tissu tâché de sang, on n'aurait les résultats que dans plusieurs jours. Elle soupira, c'était bien peu pour trouver un assassin.

    - Arii, j'aimerais que tu retournes au domicile de la victime pour récupérer tous les papiers et autres objets et papiers personnels, tels que téléphone portable, ordinateur, mais aussi relevés bancaires. Fais le tri et ne néglige rien. Avec un peu de chance, ils pourraient révéler avec qui Dina Faure était en contact récemment.
    - Ok, je m'en occupe, répondit Arii en se levant. Cela va me prendre plusieurs heures, chef ce serait bien d'avoir du renfort.
    - Oui, approuva Morvan, je vais demander des agents de plus sur cette affaire. Il ne faut pas laisser les pistes refroidir. Charlène, vérifie les alibis du frère et de sa femme. Apparemment, ils sont les dernières personnes qui l'ont vue vivante… avant l'assassin.
    - D'accord. Quand l'autopsie est-elle prévue ?
    - Claveau m'a dit qu'il ne pourrait pas s'en charger aujourd'hui, il le fera demain. Il est débordé. De plus, il faut qu'Iman soit disponible aussi, c'est lui qui ira à la morgue.

Arii les salua avant de partir. Elles restèrent seules et Morvan voulut demander à Charlène comment elle se sentait. Comme si elle avait deviné ses intentions, cette dernière se mit à taper sur son clavier et à fixer son écran d'ordinateur.

    - Je me renseigne sur le collègue de travail de Pascal Faure, un pilote aussi. Il s'appelle Fred Payet. Une visite à l'aéroport s'impose.

Le commissaire divisionnaire William Désalmand était près de la fenêtre. Depuis qu'il avait quitté la maison le matin, il ne pensait qu'à fumer. Il n'avait pas cédé dans la voiture sur le trajet. Maintenant, il luttait afin de ne pas ouvrir le tiroir et sortir le paquet de cigarettes. Il avait dit à sa femme qu'il voulait arrêter, car c'était ce qu'elle désirait, mais c'était vraiment trop difficile. Il ouvrit la fenêtre et avec son zypo alluma une cigarette. Tant pis ! Amélie lui pardonnerait comme toujours. Juste au moment où il tirait une bouffée salvatrice, on frappa à la porte.

- Entrez !

Le capitaine Camille Morvan entra d'une démarche assurée dans son bureau. Elle plissa le nez en respirant l'odeur du tabac et lui dit sans préambule :

- C'est pour l'affaire Vaimea, l'homicide d'hier à Pirae : Arii va passer sa journée chez Dina Faure, c'est la victime, pour les perquises ; Charlène vérifie les alibis. J'ai besoin d'un autre gars sur le terrain pour enquêter sur l'ex-compagnon et interroger toutes les autres personnes liées de près ou de loin à la victime.

C'était chose courante que de réquisitionner des agents pour une enquête importante en cours. Sa demande n'était donc pas exceptionnelle et tout à fait légitime dans une enquête de flagrance.

- Tu as un suspect en vue ? voulut savoir Désalmand.
- Non. Elle ne fréquentait personne au dire de sa famille et n'a pas l'air de tremper dans des histoires louches : une femme inoffensive. Cela ne va pas être une enquête facile.

Le commissaire Désalmand acquiesça d'un air grave.

- Bon alors, tu veux qui ?

- Luc Savage, lâcha Morvan, se préparant mentalement aux protestations du commissaire.

Ce dernier sursauta. Luc Savage était l'élément ingérable : il se droguait. Le pire étant qu'il ne s'en cachait pas et qu'il préférait être sanctionné plutôt que de faire profil bas. Désalmand détestait l'idée que les policiers fussent des électrons libres et non des pions qu'il pouvait placer sur l'échiquier de sa carrière. Luc Savage dérangeait et s'il n'avait pas été une mine de renseignements pour la DSP, il aurait probablement déjà été congédié ou en tout cas muté au *fenua aihere*, la partie inhabitée de la presqu'île de Tahiti.

Désalmand prit le temps de tirer sur sa cigarette, de souffler la fumée en direction de la fenêtre ouverte tout en se demandant ce qui motivait Morvan à vouloir intégrer à nouveau ce gars-là dans la brigade.
Luc ! C'est une loque humaine. Il a reçu une sanction et a été mis sur la voie publique. Tu crois vraiment que c'est une bonne idée de le positionner avec Charlène sur la même affaire ?

Ils restèrent tous les deux silencieux, ils pensaient à la nuit de l'accident. Désalmand s'était habitué à l'horreur qu'on voyait tous les jours dans la rue : les clochards sales et puants, les cadavres oubliés et décomposés, les accidentés en petits morceaux, mais jamais il ne s'habituerait à annoncer un décès à la famille. C'était lui qui avait frappé à la porte de Charlène Siu. Lui qui avait expliqué qu'un chauffard ivre avait tué son mari et blessé gravement Luc Savage qui était au volant.

Désalmand tira furieusement sur sa cigarette. Jamais il ne pourrait oublier l'expression hagarde de la jeune femme. Morvan chassa le souvenir.

- Ils devront mettre leurs problèmes personnels de côté, rétorqua Morvan, la résolution de cette affaire est primordiale et j'ai besoin des meilleurs éléments.

- C'était avant le drame, objecta le commissaire, maintenant j'en doute…

William s'approcha de la fenêtre et tapota sa cigarette pour faire tomber la cendre.

- Je pense que Luc saisira cette dernière chance, dit Morvan. Tu trouves cohérent, toi, de le laisser dans la rue ?
- Bon d'accord. S'il fait la moindre erreur, tu sais que je ne pourrais plus rien pour lui et toi, tu seras en mauvaise posture.
- Je prends ce risque, répondit Camille Morvan
- Autre chose ? demanda William.
- Pour l'instant non.

Elle le remercia puis s'en alla d'un pas pressé. Désalmand resta un moment les yeux fixés sur la porte que Morvan venait de refermer. Cette petite femme menue, mais décidée était un très bon cadre qui savait mener ses hommes. Une femme de bon sens, mais quand même, mettre Luc là-dessus…

Luc Savage grillait cigarette sur cigarette. Il avait la gorge enflammée et mourait de soif. Il avait passé la journée à arpenter les rues de la ville avec son équipier dans leur voiture banalisée. C'était la routine habituelle : il fallait faire du chiffre, faire son quota d'interpellations sauf que c'était plutôt calme et il s'ennuyait ferme. Il pensait au Système avec S majuscule dont la consigne était : « Il faut qu'on vous voie, faîtes du flag ». Encore une absurdité de l'administration ! Des pontes dont les culs étaient bien à l'abri dans leurs bureaux pendant que des troufions comme lui devaient nettoyer la ville. Et comment s'y prendre pour faire du flag s'il était repéré de loin ? RAS depuis des heures. Il se faisait chier !

- Allons faire un tour au quartier Miri, dit-il à Manuel.
- Heu, ce n'est pas notre secteur.
- T'en fais pas, on va pas rester longtemps.

Manuel était une jeune recrue tout juste sortie de l'école de police. C'était un bon élément, pétri de justice. Quand Manuel vit dans quoi son équipier l'entraînait, il ne put s'empêcher de lui jeter un coup d'œil inquiet. Luc Savage avait la mâchoire carrée, ses cheveux châtains étaient longs sur la nuque.

> - C'est quoi ce quartier, c'est pas là où les collègues… ?
> - Ouais, le quartier le plus dangereux de Tahiti…
> - On ne devrait pas éviter le coin justement ? Je n'ai pas envie d'être reçu par des jets de caillasses comme les autres.

Luc l'ignora et dit :
> - Vas-y, tourne à droite, là.

Manuel fit ce qu'il lui demanda, il espérait seulement qu'il ne tomberait pas sur des jeunes désirant se faire la main sur eux. Il aurait bien voulu que Savage arrêtât de fumer comme un pompier. Il détestait sentir l'odeur de la cigarette sur lui. Il soupira et s'engagea dans la servitude. Ils roulaient lentement, car le chemin non bitumé était parsemé de nids de poule, ce qui leur laissait tout le temps de contempler la désolation autour d'eux. Des bicoques délabrées, des enfants nus dans la cour, du linge qui séchait sur des fils de fortune. Ils continuaient de monter sur les hauteurs par un chemin de plus en plus étroit, bordé de carcasses de voitures, de déchets au bord de la route.

Cela faisait au moins vingt minutes qu'ils roulaient quand Manuel remarqua à 100 mètres un groupe de Tahitiens sous un *uru*. L'un d'eux ne les quittait pas des yeux à mesure qu'ils s'approchaient. Plus que 20 mètres avant d'arriver à leur hauteur, 10 mètres… 5 mètres. C'est alors que l'homme se leva, imposant, tout en muscle, le torse couvert de tatouages et se mit au milieu de la route. Il vociféra :
> - Vous faites quoi là, *eure*, on ne veut pas de vous ici !
> *Titoi* de *mutoi* !

Manuel pila et consulta son aîné du regard. Qu'est-ce qu'on fait maintenant ? Ce dernier haussa les épaules.

- Il vient de nous insulter. Tu ne vas pas laisser passer ça ? fit Luc, pensif.
-...

Luc déplia rapidement son grand corps et s'extirpa rapidement de la voiture. Il s'avança vers l'homme en criant. Manuel resta scotché sur son siège. Quand on lui avait parlé de Luc, on disait que c'était le pire coéquipier sur lequel il pouvait tomber : un mec imprévisible au sang chaud qui, par conséquent, mettait son collègue dans des situations hautement dangereuses.

- Qu'est-ce que t'as dit là ? Tu m'as traité de quoi ? C'est comme ça que tu parles à l'Autorité Française de la République ?

Le cœur de Manuel battait à cent à l'heure, ses mains étaient moites et tremblaient même un peu. Qu'est-ce qu'il fait ? « Il est taré ou quoi de lui rentrer dedans comme ça » pensait-il. En réponse à Luc, le géant tahitien aussi grand, mais plus large d'épaules que Luc lui fit un bras d'honneur.

- On ne veut pas de vous ici, *taioro* !

Luc se retourna rapidement, vit Manuel sortir de la voiture, une main sur la radio, et l'autre sur sa matraque. Il en connaissait d'autres qui seraient restés dans la voiture et, paniqué, aurait déjà appelé du renfort. Il n'était plus qu'à un mètre du colosse.

- *Mai*, tu crois que j'ai peur de toi ? fit l'autre l'air belliqueux.
Rapide comme l'éclair, il fit mine de le frapper, mais Luc lui fit une clé et ils s'empoignèrent en riant. Le colosse riait de plus belle en se frappant la cuisse, en pointant du doigt

Manuel. Luc sourit en voyant la mine de Manuel.

- Viens, c'est Kaina, un pote.
- Bordel, t'es vraiment con ! lança Manuel qui rangea son tonfa.

Les deux autres s'esclaffèrent de plus belle tout en s'avançant vers la bicoque de pinex.

- Va garer la voiture à l'arrière pour ne pas qu'on la voie, puis rejoins-nous à l'intérieur.

Manuel fit ce qu'on attendait de lui puis s'engouffra dans la maison ; témoin silencieux, il écoutait les échanges entre les deux hommes. Ils semblaient bien se connaître et, Luc parlait avec une connaissance évidente du quartier, de ses habitants et de leurs habitudes. Il ne pouvait y avoir qu'une explication à ça : Luc Savage avait fait partie du gang avant d'être dans la police. Il n'y avait pas cru lorsqu'on le lui avait dit, mais maintenant, le doute n'était plus possible.

Kaina avait sorti des cannettes de bière Hinano. Luc en avait pris une, mais Manuel avait préféré s'abstenir.

- Ça te va bien l'uniforme, se moqua Kaina.
- Comme ça tu pourras me viser sans te tromper…

Le visage de Kaina auparavant tout sourire, devint grave et sérieux. La semaine dernière, une patrouille de la DSP était intervenue lors d'une bagarre à arme blanche dans le quartier Lucky, autre quartier sensible de Papeete. Deux bandes rivales s'affrontaient pour une broutille. Mais lorsque les agents arrivèrent sur les lieux, les protagonistes s'étaient alliés pour les insulter et les menacer d'un jet de pierres.

Un agent avait failli perdre un œil.

- Hé, mon pote, ce n'est pas nous l'autre jour. Je sais pas qui c'était, mais c'était pas nos gars.

Kaina était éminemment respecté dans le quartier. Il n'avait peur de rien et n'hésitait pas à user de sa force pour se faire respecter. Il y avait une multitude de bandes à Tahiti, Kaina avait été le plus malin de tous, et avait su coordonner tant bien que mal les bandes entre elles. Il canalisait la racaille pour éviter l'escalade de la violence, les tueries entre truands. C'était un homme qui appréciait avant tout la paix et voulait la maintenir.

- Je te crois, fit Luc d'un ton affable. Alors c'était qui ?

Luc et Kaina avaient grandi dans le quartier de Miri, tristement réputé pour abriter les pires délinquants de Tahiti. Ensemble, ils avaient volé et recelé, planté et dealé du *paka*. Des années plus tard, Kaina était devenu chef de gang tandis que Luc avait mal tourné : il était devenu flic. Un flic qui connaissait le milieu, protégé par Kaina.

Depuis trois mois, la Direction de la Sécurité Publique enregistrait des infractions inquiétantes : vols avec agression, viols, proxénétisme. Un nouveau gang était né dont les membres étaient manifestement des hommes violents.

- J'ai entendu parler de jeunes qui viennent d'arriver des îles. Ils sont mauvais ceux-là. Ils ne veulent rien écouter et veulent faire leurs propres lois. Ils tapent et violent les filles. Les gens ont peur et ne veulent rien me dire.

Luc insista pour avoir quelques noms, mais Kaina ne voulut rien lui divulguer. Il n'avait pas envie de voir les policiers faire une descente chez eux.

Ce serait encore la population qui allait en pâtir.

- Hé, s'exclama Kaina, c'est quoi cette histoire que j'ai entendu aux infos hier soir ? Une femme a été assassinée chez elle ? Tuée à coups de couteau ?

- Ne change pas de sujet de conversation, répondit Luc.

Kaina rit et but une gorgée.

- Allez, on discute un peu… c'est moche ?

- Très moche, un truc inimaginable, on l'a appris ce matin par la réserve, confirma Luc.

- Ah, fit Kaina supputant sur la nature exacte de l'inimaginable et renonçant à l'imaginer. Vous l'avez choppé ?

- Non, mais on va le trouver, fit Luc.

- Ils vont t'appeler, *pa ia* ! fit Kaina

Luc ignora sa remarque et se renseigna sur quelques affaires en cours puis ils le quittèrent. Ce dernier retourna sous l'ombre du *uru* et récupéra son ukulele. Avant de partir, il avait tendu un paquet à Luc d'un air conspirateur. Il s'était assuré que Manuel n'avait pu entendre avant de demander :

- Pourquoi t'amènes un bleu ici, chez moi ?

- Des fois, y a des gars bien parmi la bleusaille, c'est mon pote ok ?

- Ok, mais méfie-toi, fit Kaina.

Kaina pensait à autre collègue de travail proche de Luc qui avait fini par le trahir.

- T'as pas besoin de me le dire, lança Luc en rejoignant Manuel.

- C'est quoi dans la boîte ? demanda Manuel quand ils furent sur le chemin du retour.

- Pourquoi tu me demandes alors que tu sais ? répondit Luc.

C'est grave, pensa Manuel. Pourtant il savait qu'il ne dirait rien, à personne, surtout pas à la hiérarchie. Luc avait l'air de lui faire confiance et, bizarrement, il n'avait pas envie de le trahir.

- T'es pas un foutu carriériste ? Un de ceux qui serait capables de me planter un couteau dans le dos pour avoir du galon, n'est-ce pas ?
- Qu'est-ce tu racontes, fit Manuel, vaguement mal à l'aise.

Il avait déjà entendu parler de la sanction, de la raison pour laquelle Luc avait été remis sur la voie publique : pour non-respect de la hiérarchie, mais aussi pour usage de stupéfiant. Il avait été dénoncé par un collègue.

- Je viens de te faire une fleur là, tu comprends ?

Manuel acquiesça. Il commençait à comprendre que dorénavant, il pouvait approcher le quartier sous la protection de Kaina.

- Pourquoi il s'appelle comme ça ?

Le *kaina* c'était le local en guenilles, qui traînait les savates, le panier de *paeore* à l'épaule. L'image même de l'îlien nonchalant et négligé.

- Les surnoms, ça vient comme ça. Y en a un qui s'appelle *Biguine* parce que c'est un foutu bon danseur de biguine ; un autre qui s'appelle *Nano* parce qu'un soir, il avait descendu plus d'une caisse de bière Hinano en quelques heures ; un autre *Sate* parce qu'il se rase le crâne tout le temps. Leurs surnoms, ils ne les ont pas choisis. Il peut y avoir un autre chef à la tête du gang, mais il n'y a qu'un seul Kaina, un seul Sate. Des fois, même eux ne se souviennent même plus de leurs vrais noms !

LES ALIBIS

Charlène se rendait à l'aéroport de Faa'a en passant par la RDO. Avant de partir, elle avait trouvé des renseignements sur Pascal Faure, mais aussi sur Fred Payet. Ayant obtenu son brevet de pilote privé à Tahiti, Pascal Faure s'était inscrit à l'ESMA, à Montpellier ce qui lui permit ensuite de faire la sélection d'Air Tahiti. D'après les rumeurs, il aurait été pistonné par le chef pilote. Quant à Payet, il venait de l'armée où il était pilote d'hélicoptère avant de postuler à Air Tahiti.

À l'aéroport, ne pouvant pas pénétrer dans la zone réservée à la BGTA, Charlène passa un coup de fil pour s'assurer que Payet venait d'atterrir. Personne, même pas un agent de la DSP n'étant admis dans la salle d'opération, elle le verrait à la cafétéria. Le nouvel espace aménagé de l'aéroport était design et agréable. Elle s'assit dans un fauteuil confortable, un café odorant devant elle. On pouvait regretter effectivement une touche locale : la cafétéria n'avait plus rien à envier aux aéroports français ou américains. Les touristes étrangers devaient se sentir bien dans un cadre si accueillant et propre.

Elle reconnut l'homme immédiatement à son look typique de pilote, chemise blanche aux épaulettes, les galons de commandant de bord. Il avait un torse musclé et une paire de lunettes noires plaquée sur les yeux. Elle se présenta et lui annonça la mort de Dina Faure, sœur de son collègue Pascal. La stupéfaction et l'horreur se lisaient sur son visage.

- Merde ! Il faut que j'appelle Pascal, c'est affreux. Que s'est-il passé ?
Charlène attendit que la serveuse lui apportât sa commande, un café, avant de lui répondre. Il remuait nerveusement la cuillère dans sa tasse. Pourquoi était-ce la police qui venait lui annoncer la nouvelle ?

- Elle a été assassinée, dit simplement Charlène, attentive à la réaction de Payet.

La main arrêta son mouvement circulaire. Son cœur s'emballa comme un cheval fou.

- Quoi ? Mais qui…. C'est horrible !
- Je ne peux pas vous en dire plus pour l'instant. Pour les besoins de l'enquête, nous gardons secrètes certaines informations. Votre collègue, Pascal Faure, a dit que vous disputiez un match de tennis au moment des faits. Vous étiez bien ensemble hier matin ?

Il semblait n'avoir pas entendu la question. Merde ! Quelle histoire ! Charlène fut sur le point de répéter la question, mais il répondit :

- Oui, nous avons joué un bon bout de temps, jusqu'à midi. C'est ce que nous faisons toujours en rentrant. Après plusieurs heures de vol, faire du sport fait du bien.

Sans doute, pensa Charlène en remarquant le manège d'une jeune femme. Cette dernière jetait au pilote un coup d'œil aguichant. Son tailleur rose imprimé de fleurs de tiare blanches, l'uniforme des hôtesses d'Air Tahiti, lui seyait à merveille. Mais Payet ne remarquait pas son petit manège, alors elle continua son chemin, ses talons hauts frappant bruyamment le sol.

- Vous vous connaissez depuis longtemps ?
- Depuis qu'il est dans la boîte. On venait de passer tous les deux commandants de bord… Plus de dix ans, je pense.
- Connaissiez-vous aussi sa sœur, Dina Faure ?
- Non. Il m'était déjà arrivé de la croiser ici quand elle venait chercher Pascal, mais c'était extrêmement rare.

Il se rappelait une femme robuste, pas causante et encore moins séduisante.

- Pascal vous parlait-il d'elle parfois ?

- Je sais qu'ils sont… étaient proches surtout depuis le décès de leur père. Il disait qu'il l'aidait à élever sa nièce, Irénia. Le père s'est barré quand la gamine avait trois ans, et d'après ce que j'ai compris, Pascal compensait l'absence.

- Le père fuyait ses responsabilités ?

- C'est ce que j'ai compris et aussi qu'il était indigne d'eux, de leur famille.

Une voix annonçait l'embarquement immédiat pour Rangiroa et des voyageurs s'agglutinaient devant un comptoir minuscule aux couleurs de la compagnie. Des photos de paysages polynésiens défilaient sur le grand écran de l'aéroport.

- Indigne d'eux, répéta Charlène.

- C'est difficile à expliquer. Des fois, à sa façon de parler, je sais qu'ils ne se prennent pas pour de la merde, ils se croient supérieurs aux autres, à nous.

Charlène se souvint de la réaction de Pascal Faure lors de son interrogatoire. Un homme cultivé, intelligent qui n'avait pas été intimidé par la présence de la police dans son salon. Elle avait mis cela sur le compte de la douleur, le choc. Elle acquiesça et cela encouragea Payet à parler.

- Pascal est un bon pilote. On discute bien tous les deux et on joue au tennis ensemble. À part ça, je n'ai jamais été invité chez eux, ni fait des sorties avec sa famille. Bref, en dehors de ça, on ne se fréquentait pas. Tu sais comment c'est ici, hein ?

Le tutoiement soudain ne la surprit pas. À Tahiti, les gens se tutoyaient naturellement, et bien que cela se perdait parmi les Tahitiens, il était amusant de constater que certains Français se comportaient avec la même familiarité.

- Je veux dire, tu es d'ici non ? Y a d'un côté les demis, moitié français-tahitiens ou chinois qui sont aisés et qui traitent un peu de haut le petit Tetuanui. Ben, y a aussi des Tahitiens qui sont comme ça. Je crois que la famille de Pascal c'était ça. Enfin bref, la famille, c'est important pour eux. Que l'autre se soit barré c'était le bannissement pur et simple du clan. Même si le mec verse une pension pour la gamine, c'est un looser.

- Vous avez déjà rencontré le père de l'enfant ?

- Non. C'est moche pour Pascal. Je sais que sa sœur et lui étaient très proches.

Sur ces mots, il but d'un trait son café. Il semblait avoir tout dit, et Charlène se leva de table pour signifier la fin de l'entretien.

La jeune femme regagna le centre-ville en quelques minutes. Elle tourna au rond-point du Pont de l'Est puis prit la route de Mamao sur l'avenue Georges Clémenceau. Encore à droite et elle se retrouva dans la rue où se trouvait la salle de sports de Valérie Faure. Elle se gara en bas du petit immeuble dont la pancarte annonçait : Entrée des Artistes, Body jam, Zumba, Gym, etc... avec une flèche indiquant le côté gauche de l'immeuble. Même sans la pancarte, elle aurait deviné que la salle était à l'étage supérieur tant la musique était forte, ponctuée d'une voix féminine encourageante qui donnait la mesure.

Elle monta un escalier qui courait le long de la façade gauche et qui donnait sur une porte ouverte. Des chaussures et des savates obstruaient presque l'entrée, la salle était pleine de sportifs ahanant sous l'effort physique, suivant tant bien que mal le professeur de danse. C'était une petite femme d'âge mûr, svelte, dont les muscles fins saillaient dans le justaucorps noir qu'elle portait. Charlène jeta un coup d'œil à sa montre. D'après le planning affiché sur le mur, elle devait attendre une dizaine de minutes avant la fin du cours.

Elle se mit à réfléchir à son entretien avec Fred Payet, se demandant dans quelle mesure on pouvait se fier à son témoignage. Pascal Faure faisait un suspect idéal : il connaissait la maison et, après le meurtre, aurait pu se changer chez lui à l'insu de la femme de ménage. Puis il aurait jeté au feu à ce qui pouvait l'incriminer, pour faire comme s'il revenait de sa partie de tennis. Mais pourquoi Payet aurait menti et, surtout, quel serait le mobile de Faure ?

La musique cessa. Les sportives, dont les tenues étaient auréolées de transpiration sous les bras, se dirigèrent vers la sortie, bouteilles d'eau à la main et serviettes autour du cou. Charlène se présenta au coach qui s'appelait Estelle et qui ne fit aucune difficulté pour répondre à ses questions. Elle connaissait parfaitement Valérie.

C'était une cliente assidue de ses cours et ce, depuis plusieurs années. Bien sûr, elle se souvenait parfaitement qu'elle était là la veille. Et pour confirmer ses dires, elle se dirigea vers un boîtier qui contenait toutes les informations sur sa clientèle. Elle sortit une fiche et Charlène vit le nom de Valérie Faure inscrit en lettres capitales en haut de la fiche. Marie la lui montra.

- Vous voyez, Valérie a un abonnement de dix séances. Ici, c'est-à-dire hier, c'était sa quatrième séance. À chaque fois qu'une personne arrive, elle prend sa fiche ici, marque le jour et son cours. Ainsi nous savons précisément combien de crédits de cours il reste pour chacune.

Pointilleuse, Charlène demanda tout de même à parler à certaines personnes susceptibles de corroborer son témoignage. Marie lui indiqua un petit groupe de femmes. Ces dernières confirmèrent qu'elle était bien là hier à l'heure du crime.

- Est-ce qu'elle vous parlait de sa belle-sœur, Dina Faure ?

- Oh non, on n'a pas le temps de discuter pendant notre sport, répondit l'une d'elles.

Elle était plutôt ronde, le visage avenant. Les autres renchérirent.

- Si jamais un détail vous revient, vous voulez bien contacter la DSP. Dina Faure a été assassinée et toute information pourrait nous être utile.

Charlène observa attentivement la petite assemblée. Les sportives furent choquées, mais n'avaient rien de plus à ajouter. Elle tourna donc les talons quand une jeune femme brune à la coupe garçonne s'approcha et lui parla à voix basse.

- Elle m'a déjà parlé de Dina.
- Que vous a-t-elle dit ?

La jeune femme, dont le prénom était Émilie, s'épongea le front avec sa serviette.

- Que sa belle-sœur était un peu bizarre. En fait, elle a dit… « spéciale » ou « originale » peut-être, je ne sais plus exactement !

Elles se dirigèrent toutes deux vers la sortie tandis qu'Émilie prenait son sac à main. Elles descendirent les escaliers.

- En fait, ce n'est pas seulement Dina, ajouta Émilie, leur famille est comme ça. Les vacances, surtout les voyages c'était toujours en famille. Parfois, Val aurait préféré partir en vacances avec des amis. Elle avait presque l'impression que sa sœur et sa nièce comptaient davantage qu'elle et sa belle-fille, car il avait une fille…
- Diriez-vous qu'ils formaient comme un clan ? demanda Charlène pensant à ce que Payet lui avait dit.

- Oui un peu de ça. Quand ils sortaient manger, c'était toujours ensemble.

La veille du meurtre, les Faure étaient tous aux roulottes. Quelle importance fallait-il accorder à cela ? À Tahiti, les membres d'une même famille s'entraidaient beaucoup. Charlène la remercia et la quitta après avoir pris ses coordonnées.

De retour à la DPS, le capitaine Morvan demanda leurs rapports.

- Les alibis tiennent la route, répondit Charlène. Fred Payet m'a affirmé qu'il était avec Pascal Faure toute la matinée. Quant à Valérie, plusieurs femmes de son cours de gym ont confirmé sa présence.
- Hé bien, fit Morvan, cela fait déjà deux suspects qu'on peut éliminer. Que sait-on de plus sur Dina ?
- Il semble que la famille soit très soudée, trop peut-être. C'est ce que pense Valérie Faure, la belle-sœur de Dina qui se plaignait que son mari n'en avait que pour Dina et sa fille.
- Jalousie ?
- Je ne pense pas que ce soit de la jalousie, dit Charlène. Je crois que le témoin essayait de me dire que la famille formait un bloc, comme un clan contre l'extérieur. Payet a dit la même chose. Le frère a pratiquement élevé la gamine après le départ du père.
- Nous devons continuer de suivre Dina à la trace, dit Morvan, et trouver les personnes avec qui elle était en contact avant de mourir. J'ai demandé du renfort.

Charlène devina que le renfort serait Luc Savage. Il avait été l'un des meilleurs enquêteurs de l'équipe avant d'avoir été muté sur la VP. Elle ne l'avait pas revu depuis dix mois. Quand il était sorti de l'hôpital, les choses entre eux n'avaient plus jamais été comme avant. Surtout ne pas penser maintenant à son mari Adrian la quittant avec un dernier baiser, à Luc, la saluant de la voiture tandis qu'ils quittaient la maison. C'était la dernière fois qu'elle l'avait vu vivant. Elle sentait monter les larmes lorsque Morvan ajouta :

- Le commissaire a accepté l'affectation de Luc à la BSU. Je veux qu'il rapplique dès demain. Je te charge de l'appeler.

Morvan pensait sans doute qu'elle n'était pas prête à retravailler avec Luc. Elle aurait raison si elle n'arrivait pas à refouler ses larmes. Elle répondit, sur le même ton neutre :

- Ok, je l'appelle et le préviens d'être là à la première heure.
- Parfait, répondit Morvan en replongeant le nez dans les convocations.

Charlène retarda le moment aussi longtemps que possible. Arii revint avec plusieurs cartons contenant les effets personnels de la victime. Ils commencèrent ensemble à les éplucher dans l'espoir de découvrir une piste. Toute la journée, elle relégua l'appel au fond de son esprit, jusqu'à ce qu'elle quittât la DSP.

Charlène Siu habitait une vieille maison en bord de mer à Punaauia. Dès qu'elle l'avait vue, il y avait cinq ans, elle avait su que c'était LA maison qu'il leur fallait. Adrian et elle l'avaient complètement rénovée au fil des mois. Le jardin de 400 mètres carrés était arboré. Il y avait un accès privé à la plage : une plage de sable blanc dans un lagon turquoise.

Depuis la mort d'Adrian, quand elle rentrait chez eux, elle ressentait un mélange de bonheur et de souffrance. Elle ne s'attarda pas sur ce sentiment qui l'habitait en permanence. Pour l'heure, une chose devait être faite et elle souhaitait maintenant vite se débarrasser de la corvée. Charlène attrapa son portable et composa sans réfléchir le numéro de Luc. Il décrocha dès la première sonnerie. Elle parla plus sèchement qu'elle n'en avait l'intention, mais comme d'habitude, il resta calme. Pourtant, elle percevait la tension dans sa voix et dans ses silences. Le silence avait toujours signifié quelque chose entre eux, il n'était jamais anodin, mais lourd de sous-entendus. Le coup de fil l'avait épuisée et son mal de tête revenait en force.

Elle se frotta les tempes en regardant l'heure sur l'horloge de la cuisine : 17h30. Il faisait nuit, mais la route était éclairée. Elle décida de prendre sa voiture pour prendre l'air. Elle était à 5 minutes de la Route des Plaines. Quand elle arriva, elle eut du mal à trouver une place de parking, ce qui montrait l'engouement d'une partie de la population pour la course à pied. Finalement, elle trouva une place. Elle mit ses écouteurs et enclencha son ipod. Un son merveilleux lui remplit les tympans occultant les bruits de la circulation. Elle s'échauffa doucement par petites foulées d'abord puis accéléra le rythme. La sensation familière lui vint : l'impression de voler alors que ses jambes effleuraient à peine le sol dur de l'asphalte. Telle une droguée du sport à la recherche de sa dose quotidienne d'endorphine, Siu courait pour apaiser son esprit et la libérer de son passé. Les mauvais souvenirs... elle les refoula en observant les gens qu'elle croisait sur son chemin. Femmes à la trentaine épanouie, minces ou rondes, cherchant à tout prix à garder la ligne, sportifs au physique d'athlète, couples poussant un enfant dans sa poussette, un autre à vélo devant eux, homme aux cheveux grisonnants promenant son chien, jeunes hommes imberbes courant par groupes de deux ou trois, groupes de femmes marchant en discutant... tout ce beau monde déambulait au-dessus de la route des plaines. En contrebas, les voitures filaient à toute allure, leurs pots d'échappement exhalant les vapeurs toxiques de dioxyde de carbone.

Petit à petit, elle se calma, car courir l'apaisait. Elle avait l'impression qu'Adrian était auprès d'elle parce qu'ils couraient parfois ensemble. Il lui semblait entendre son souffle et ses pas en rythme avec les siens. Jamais elle n'aurait cru que c'était si déprimant de s'endormir et de se réveiller seule.

Cette fois ci, aux souvenirs d'Adrian se mêlaient ceux de Luc. L'accident avait failli lui coûter sa jambe droite. Elle se demanda si sa blessure le faisait encore souffrir.

LUC SAVAGE

Après avoir quitté Kaina, Luc et Manuel avaient continué de patrouiller dans leur quartier bien défini. Il y avait eu quelques contrôles d'identité puis ils étaient rentrés au poste. Luc guettait la convocation dans le bureau du commissaire, mais rien ne vint et plutôt que d'écouter les bruits de couloir, il préféra rentrer chez lui.

Savage gara sa Honda 1000R rouge, puis grimpa les quelques marches de l'immeuble pour se rendre chez lui. Il jeta son blouson en hâte sur le canapé, avant de poser son casque, ses clés et son portable sur la table basse. Il sortit de sa poche la boîte que lui avait donnée Kaina.

Sur la table, il y avait un paquet de tabac, et des feuilles. Il se prépara habilement un joint, l'alluma et s'allongea sur son divan. Si les rumeurs étaient fondées, demain, il serait sur l'affaire Vaimea. Cela signifierait qu'il verrait Charlène. Malgré lui, un espoir fou l'inonda. La sonnerie de téléphone l'interrompit dans ses pensées. Il regarda l'écran : Charlène.

- Oui ? fit-il.
- C'est moi.

Il l'imagina instantanément dans son séjour, dans le coin où elle avait son bureau, juste à côté de celui d'Adrian. Peut-être que le soleil couchant éclairait son visage d'un reflet doré pendant qu'elle lui parlait et qu'elle contemplait un ciel rose et une mer violette. Combien de fois ils s'étaient retrouvés sur la terrasse pour boire l'apéro ou pour un barbecue dans le jardin ?

Le silence sembla durer une éternité, mais Charlène parla et il comprit que l'occasion se présentait enfin de l'approcher. Elle ne pourrait plus l'ignorer.

- Demain matin, viens au bureau, il y a eu un homicide hier. Willy se charge d'officialiser ton transfert au sein de la BSU. C'est Morvan qui m'a demandé de t'appeler.

Elle était brève et sèche à chaque fois qu'elle souhaitait cacher ses émotions. Était-il fou d'espérer qu'elle lui pardonne ? Et même si elle le haïssait après avoir causé la mort d'Adrian, il s'en fichait : il avait besoin de la voir et de lui parler.

C'est Morvan qui m'a demandé de t'appeler. Les mots firent écho dans sa tête. Il comprenait que cela ne lui plaisait pas du tout de le voir débarquer. Silence à l'autre bout du fil. Elle attendait qu'il parlât.

- C'est cool, dit-il.
- C'est une sale affaire, on a besoin de quelqu'un sur qui on peut compter. Tu comprends ce que cela implique ?
- Tout à fait.

Ses pensées se bousculaient, mais il ne put rien formuler d'autre. Puisqu'elle se montrait aussi distante et froide, il n'allait pas lui faciliter la tâche. Une colère sourde montait en lui et il essayait de la maîtriser, ravalant tout ce qu'il souhaitait lui dire.

- Bien, à demain, conclut Charlène.

Elle raccrocha et il resta bêtement le téléphone en main. Il pesta contre elle, contre lui-même. Ses yeux tombèrent sur sa table basse du séjour où s'étalaient les preuves de sa déchéance. Il observa un moment la barrette de marijuana restante de la veille, puis la rangea dans un placard rempli de petits sachets contenant quelques grammes de *paka*. « Bon sang, Luc, tu as désobéi à un ordre donné par un supérieur et tu étais défoncé ! Si tout le monde faisait comme toi, comment veux-tu que nous ayons une quelconque action efficace dans la police ? Vous devez attendre les instructions avant d'agir ! »

Le commissaire Désalmand n'avait pas pris des pincettes avec lui. Il fallait prendre une décision et l'ordre tardait à venir. Oui, il avait pris l'initiative d'agir et, personne n'avait été blessé. Bon, ok, il avait fumé, mais même propre, il aurait agi de même.

Le boulot était stressant et les situations dangereuses même pour lui, habitué à la violence au quotidien depuis l'enfance, quelquefois, la misère quotidienne faisait qu'on était moins tolérant. Ce n'était pas uniquement la mort de son ami Adrian qui l'avait plongé dans la drogue. Pourtant, Dieu sait qu'il aurait voulu revenir en arrière et ramener Adrian vivant à la maison où sa femme l'attendait. Mais il ne pouvait changer le passé. Le regard de Charlène lui avait lacéré la chair plus profondément que la tôle de la voiture. Ce regard accusateur et d'une infinie détresse avait mis le feu aux poudres. Il avait roulé un joint et ce fut le premier d'une longue série alors qu'il n'avait plus fumé depuis le lycée. Là où tout avait commencé, où déjà les fils de son destin s'étaient tramés. L'époque où il n'était qu'un…

«Voyou ! ». Voilà comment son géniteur le dénommait. Luc traînait avec une bande de copains, glandouillant à l'école, car ne sachant ce qu'il voulait faire de sa vie. De son enfance, il ne se rappelait qu'un père trop souvent absent, prompt à lui porter des coups quand il était soûl, d'une mère douce au caractère effacé. Des parents qui avaient perdu confiance en lui. Lui, qui se perdait aussi, cherchant son identité dans un groupe d'amis. Il était constamment en colère, rebelle et fonceur. Après les cours, quand il ne les séchait pas, il allait faire du skate jusqu'à la nuit tombée, vagabondait dans les rues avec sa bande, fumait du *pakalolo*. Mais son passe-temps favori était de bricoler sur sa moto.

Sa moto, c'était la seule chose qui l'intéressait parce qu'elle lui permettait de quitter un peu l'atmosphère étouffante de la maison. Grâce à elle, il pouvait écumer des quartiers inconnus, faire de nouvelles rencontres, pas toujours bonnes, mais toujours excitantes et dangereuses. Celles qui le conduisaient ensuite à vivre dans la limite de la légalité.

Bien sûr, frère Arnaud essayait tant bien que mal de le remettre dans le droit chemin. Sa mère, Marie Savage, avait pensé bien faire en l'inscrivant à La Mennais, un établissement réputé, dont les élèves admis étaient triés sur le volet, en fonction de leurs notes, et du statut social de leurs parents.

Parmi cette jeunesse dorée, il rencontra celle qu'il ne parviendra jamais à oublier. Quand il la vit pour la première fois, quelque chose bougea au tréfonds de son estomac. Toute la journée, il tentait d'apercevoir cette silhouette facilement reconnaissable en vain. Le soir, il était rentré chez lui troublé. Il ne dîna pas, resta enfermé dans sa chambre, les écouteurs de son lecteur CD dans ses oreilles, allongé sur son lit. Sa mère toqua à la porte et sans attendre sa réponse, entra.

- Luc ? Pourquoi restes-tu dans le noir ?

Elle avait fait quelques pas hésitants, guidée par la lumière du lampadaire à l'extérieur. Elle s'était approchée du lit et avait allumé la lampe de chevet. Elle s'était assise près du lit en observant attentivement son visage voulant s'assurer que son fils ne s'était pas encore une fois battu. Quelques vêtements traînaient au pied du lit, elle les avait ramassés.

- Il y a un panier pour le linge sale, Luc, je ne comprends pas pourquoi tu ne l'utilises pas. Je n'arrive même pas à savoir ce qui est propre ou ce qui est à laver avec tous ces vêtements qui traînent dans ta chambre.

Luc restait silencieux, mais Marie savait qu'il l'entendait. Elle inspira.

- Luc, je pensais que ce serait bien qu'on aille tous les deux au cinéma ce dimanche. Qu'en penses-tu ? Tu disais que tu voulais aller voir un film… lequel est-ce déjà ? Il est toujours à l'affiche non ?

Elle lissait sa jupe, se demandant à quel moment, elle aurait le courage de vraiment lui parler. Une jupe décolorée et dont le tissu était devenu plus fin suite aux lavages répétés. Ils avaient des habits bon marché, mais Marie Savage veillait à ce qu'ils fussent propres. Cela lui faisait donc beaucoup de peine de voir son fils à l'allure débraillée, les cheveux longs. Elle remarqua une barbe naissante sur le visage adolescent de Luc et cela l'émut jusqu'aux larmes. Son fils n'était plus un petit garçon et elle devait absolument arrêter de le traiter comme tel. Elle tendit la main vers lui et lui enleva un écouteur.
- Luc, réponds-moi.
- Je n'ai pas envie d'aller au cinéma, M'man. C'est la honte si je me pointe avec ma mère au cinoche, tu piges ?
Le visage de Marie Savage changea d'expression. Un visage qu'il connaissait bien et qu'il associait à la douleur et à la résignation, c'était celui qu'elle arborait souvent devant son mari.

- Ne parle pas comme ça. Qu'est-ce qui se passe Luc ?

- Pardon, fit Luc en serrant la main de sa mère.

Faire de la peine à sa mère, c'était la dernière chose qu'il voulait.

- Il y a tant de colère en toi, mon fils, soupira Marie. Je sais pourtant que tu n'es pas un mauvais garçon, tu es intelligent : j'aimerais vraiment que tu te réveilles et que tu cesses ces bêtises, où cela va-t-il te mener ?

Elle avait balayé d'un geste le bureau dans la chambre où traînaient des mégots de cigarettes, des bouteilles de limonade et des emballages de casse-croûte ou de biscuits vides. Là, où elle aurait voulu voir son fils penché sur un manuel scolaire et sur un devoir. Elle se leva.

- Tu devrais ranger ça avant le retour de ton père.
- Ouais, répondit Luc sans bouger.

Elle ferma la porte consciente de son échec, le cœur meurtri, se demandant pour la énième fois : que va devenir mon fils plus tard ?

Il avait pensé sans cesse à elle du matin au soir. Un jour, il apprit son nom par hasard dans une conversation : Charlène.

- Luc ! Où il est encore passé ce voyou, tonnait Paul Savage. Je lui ai pourtant demandé de passer la tondeuse ! Ce bon à rien est encore en train de traîner dans la rue ?
- Il vient juste de rentrer de l'école, fit la voix apaisante de sa mère.
- Encore heureux ! Alors où est-il ? Il croit qu'il peut glander tout l'après-midi !
- Paul, je t'en prie, commença Marie.

Luc serra les poings comme à chaque fois qu'il entendait hurler son père. Il se leva précipitamment, refusant d'en entendre davantage, se dirigea vers l'abri de jardin, en fit claquer la porte d'un geste rageur et sortit la tondeuse en la poussant sans ménagement. Il vérifia qu'il y avait assez d'essence dans le réservoir, tira sur le cordon à s'en démettre l'épaule. La tondeuse pétarada et il commença par le fond du jardin.

Son père apparut et lui jeta un coup d'œil satisfait, une bière à la main. Il passa près de son père et fut sur le point de lui cracher à la figure : tu ne peux pas le faire toi-même, connard ? Mais il vit sa mère lui adresser un regard suppliant et il ravala sa colère.

    - Tu dois avoir soif, par cette chaleur, fit sa mère en lui tendant un verre de citronnade.

Il lâcha la barre avec soulagement, car cela faisait au moins une demi-heure qu'il travaillait sous un soleil de plomb. La tondeuse s'arrêta. Il prit le verre, mais refusa la casquette qu'elle lui tendait. Elle fut sur le point de dire autre chose, mais elle s'abstint. Ils se regardèrent un instant, solidaires.

    - Merci, M'man, c'était bon. Je crois que c'est toi qui fais la meilleure citronnade au monde !

Ils rirent tous les deux. Puis le visage de sa mère changea d'expression.
    - Luc, tu sais que tu peux tout me dire…

Elle regretta instantanément ces paroles à la seconde où les mots franchirent ses lèvres. Ce n'était sans doute pas le moment, mais les moments de joies et de complicité étaient si rares. Depuis quelques temps, Marie avait perçu des changements dans son attitude. Elle craignait qu'il ne soit passé à des choses plus sérieuses ou à des activités plus dangereuses. Il fallait qu'elle sache.

- Tu es toujours ami avec Kaina ?

Est-ce que tu achètes de la drogue, Luc ? Est-ce que tu en consommes et est-ce que tu en revends, sous-entendait sa question.

- M'man, fit Luc avec lassitude en lui rendant le verre vide.
- Je t'ai toujours fait confiance en ce qui concerne le choix de tes amis. Mais Kaina, il a déjà été arrêté plusieurs fois et...
- comment tu sais tout ça ?
- Le cousin de Molly est policier et il m'a tout raconté. Je m'inquiète pour toi. Tu ne devrais pas te rendre si souvent dans le quartier Miri, c'est dangereux.

Molly, la grosse femme, une vraie commère, amie de sa mère depuis le jour où elles avaient organisé la vente de gâteaux pour la paroisse. Il se rappelait maintenant qu'il était avec Kaina au skate park et Molly l'avait regardé avec insistance. Bien sûr, qu'elle avait cafté, en bonne chrétienne pétrie de bonnes intentions qu'elle était.

- Je ne fais rien de mal, se défendit Luc.
- Pour l'instant, répondit Marie. Tu ne sais pas comment cela se passe. Combien de jeunes pensent que cela n'est rien et ensuite c'est l'escalade ou plutôt la descente...
- Maman, ne t'inquiète pas, je sais ce que je fais.

Il était retourné près de la tondeuse, une main sur la barre, et l'autre prêt à tirer sur le cordon. Comme à son habitude, il refusait de lui parler. Mais son regard était franc et aimant. Il attendit que sa mère tournât les talons et se fut éloignée de quelques mètres pour démarrer à nouveau la tondeuse.

Marie Savage se retourna et l'observa un moment. Qu'allait-il devenir ?

Luc se coucha ce soir-là en songeant comment trois rencontres avaient été déterminantes dans sa vie : celle de Kaina lui avait fait connaître l'amitié entres hommes, Charlène lui avait permis de connaître l'amour, un sentiment doux et brûlant. Puis, il y a eu Philips, le cousin de Molly, qui lui avait beaucoup appris sur le métier de flic. Sans eux, il ne serait pas l'homme qu'il est devenu aujourd'hui. Demain, il sera sur les traces du tueur. Il se promettait d'avoir une conversation sérieuse avec Charlène.

L'AUTOPSIE

Le CHPF, le Centre Hospitalier de Polynésie française était situé désormais dans la commune de Pirae. Le nouvel hôpital, un bâtiment moderne, connaissait des difficultés financières. Dominique Claveau, qui était payé à l'acte, ne se plaignait pas de ces nouveaux locaux. Iman Wohler et lui devaient se retrouver dès la première heure à la morgue du CHPF. Le parking était un vrai labyrinthe où on pouvait facilement se perdre. Heureusement, le numéro inscrit sur les murs gris permettait de retrouver sa voiture. Il appela l'ascenseur qui l'amenait au premier niveau, puis arriva au funérarium, pour ensuite continuer jusqu'à la salle d'autopsie. Wholer l'attendait.

Le bureau embaumait le café bien chaud. Il consultait un magazine qui traînait sur son bureau. Claveau remarqua la sacoche qui renfermait l'ordinateur sur lequel Iman allait taper ses constatations. Ils se parlèrent à peine comme toujours avant une autopsie pendant qu'ils enfilaient leur tenue chirurgicale.

Il prit quelques minutes pour observer les radios, le scanner de sa patiente : il n'y avait rien à signaler. Il entra dans la salle d'autopsie avec sa secrétaire Nicole sur ses talons. La pièce était climatisée et la température était inférieure ou égale à dix-sept degrés Celsius : c'était les normes exigées pour une salle d'autopsie.

  - Alors, ça fait deux jours depuis qu'on a trouvé la p'tite dame, ça donne quoi l'enquête ? Un suspect ?
  - Non, répondit Iman. On espère que tu vas pouvoir nous donner plus d'infos.
  - Mouais. Et ta collègue, ça va depuis l'autre jour ?

Iman comprit que Claveau parlait de Charlène Siu. Le légiste était présent à la veillée d'Adrian. Iman avait ouvert sa sacoche et sortait l'ordinateur portable pour le poser sur la seule table disponible de la salle d'autopsie.

  - Mouais, ça va. Elle a l'air en tout cas. Pourquoi tu me demandes ?

Claveau procédait à un rapide réexamen externe, il avait vu l'essentiel le premier jour, mais il devait aussi le consigner et répéta tout pour qu'Iman puisse également prendre des notes.
  - Juste comme ça, pour papoter, fit Claveau en haussant les épaules tout en mettant le corps sur le ventre ce qui n'était pas chose aisée pour un homme seul, mais Claveau avait l'habitude. J'ai vu qu'elle avait des tripes en tout cas. Bon, faut dire que ce n'est pas la première fois qu'elle voit un macchabée…
  - Ouais bon, on ne peut pas changer de sujet ?

Parler de Charlène c'était se souvenir de l'avoir vue pleurer devant le corps de son mari Adrian. Un autre souvenir surgit : Luc Savage comateux, fracassé dans un lit d'hôpital, presque mort. Le corps sur la table n'arrangeait pas son humeur, il devinait une telle violence dans les coups.

Claveau commença l'ouverture de la peau, de la nuque au sacrum, avant de la décoller. Il prit des photos pour constater l'absence de lésion puis fit une rapide fermeture pour remettre ensuite le corps sur le dos. Il procéda ainsi sur tout le corps. L'ouverture de la cavité abdominale lui permit d'examiner les organes qui furent ensuite pesés et disséqués pour les analyses d'anatomie-pathologiques.

- Dis donc, elle a des organes de jeune fille, elle aurait vécu jusqu'à 120 ans au moins, fit Claveau. Tu sais c'est quoi la différence entre un ver…
- Arrête tes blagues, l'interrompit Iman.

Le légiste lui lança un regard de biais en souriant. Visiblement, Iman n'était pas d'humeur à plaisanter et tapotait vigoureusement sur son clavier. L'atmosphère était tendue, malgré l'aspirateur mis en place pour se débarrasser des émanations morbides, la salle était néanmoins nauséabonde. Quand le légiste s'attarda sur les organes génitaux, Iman demanda :

- A-t-elle été violée ? demanda Iman en se remémorant que la victime avait la robe remontée jusqu'en haut des cuisses.
- Non, cher ami, c'est intact. Vous allez devoir laisser tomber la possibilité d'un crime sexuel.

Quand il eut fini deux heures plus tard, l'agent d'amphithéâtre prit le relais pour refermer, puis habiller le corps avec les vêtements fournis par la famille. Les pompes funèbres se chargeraient de rafistoler, maquiller le visage et mettre de la cire pour le reconstituer. Claveau mit deux bonnes heures pour rédiger le rapport d'autopsie. La victime était morte suite aux divers coups de couteau qui avaient entraîné une hémorragie interne. Il devait chercher un homme mesurant au moins un mètre quatre-vingt compte tenu de l'inclinaison et de la profondeur des plaies, et c'était un droitier. Il était conscient que c'était bien peu.

Iman le quitta pour retourner rapidement à la DSP, impatient de retrouver les enquêteurs. Il aimait son boulot, mais parfois, il y avait des jours comme ça, où il n'avait qu'une envie : changer de métier. Franchement, il ne connaissait pas un flic heureux et sain dans son entourage. Christian était alcoolique, Charlène était une écorchée vive, Luc était drogué. La drogue, l'alcool, les femmes, les sept péchés capitaux réunis au sein de la DSP ! La sauvagerie avec laquelle avait été battue cette femme le confortait dans son opinion : la violence était le huitième péché capital. Un mal qui rongeait de plus en plus la population locale. La douceur des îles était trompeuse. Il en savait quelque chose.

Luc Savage monta à l'étage, mais au lieu de se diriger vers la gauche, où se trouvaient les bureaux de la Brigade des Stups, il alla donc à droite où se situait le bureau du capitaine Morvan et de ses enquêteurs. C'était une grande pièce aux murs sales, dont la peinture au plafond s'écaillait. Contre un mur, il y avait les placards de rangement métalliques ; sous la fenêtre se trouvait un meuble bas où une petite cafetière émergeait au milieu de papiers. Il y avait quatre tables. Celle du capitaine Morvan, faisait face aux trois autres. Un vieil ordinateur ronronnait et miracle, la climatisation marchait.

Ils étaient tous là, le capitaine ainsi que Charlène et Arii. Quand il entra, Charlène le regarda avec une indifférence polie et Arii lui fit simplement un signe de tête pour lui souhaiter la bienvenue. Camille Morvan l'accueillit avec bienveillance et l'invita à s'asseoir.

- Nous pensons que l'auteur est forcément quelqu'un qui la connaissait.

Luc observait les photos de la scène du crime. La victime avait été défigurée et Luc comprit que le tueur avait certainement un lien avec elle. La position du corps confirmait cette hypothèse.

D'autres indices font penser que c'est forcément un proche, continua Morvan, il devait savoir qu'elle serait seule, car il a pris tout son temps pour faire disparaître des preuves.

- Couvert de sang, remarqua Luc, il ne pouvait pas repartir comme ça, on le remarquerait. Donc il en a profité pour prendre une douche, mais alors, quelle serviette de bain a-t-il utilisée ? Cela voudrait donc dire qu'il avait emporté des vêtements ?

- Nous avons fait le même raisonnement, fit Charlène. Il devait forcément avoir du linge de rechange avec lui. Savait-il qu'il allait en avoir besoin en venant la voir ? Si oui, cela voudrait alors dire qu'il a prémédité le meurtre…

- À moins qu'il n'ait trouvé des vêtements sur place ? Y avait-il des vêtements d'homme chez la victime ?

- Non, répondit Morvan. Il n'y avait aucune trace de présence masculine.

Le tueur était assez intelligent pour se protéger et ne pas être pris. Plus inquiétant, le tueur avait planifié le meurtre.

- Luc, dit Morvan, tu iras au collège La Mennais. C'était là que travaillait la victime. Avez-vous trouvé quelque chose dans ses affaires personnelles, Arii et Charlène ?

- Rien qui puisse nous aider, répondit Arii. Il y a de vieilles lettres qu'elle avait gardées de son ex, des albums photo. J'ai vidé les poubelles. Tu auras mon rapport complet avant la fin de la matinée.

- Bien, continue de chercher. Tu iras aussi voir Anita pour lui montrer les photos des lieux du crime. Demande-lui si quelque chose manque dans la maison. Charlène ira interroger Irénia Barrey, la fille de la victime.

Sur ces entrefaites, Iman Wohler arriva.

- On doit chercher un homme d'1,80 m et droitier. Il n'y a pas eu de viol. Ouais, ça n'aide pas beaucoup !

- Toujours pas de réponse du Fnaeg ? demanda Morvan

Le Fichier National Automatisé des Empreintes Génétiques était une banque de données d'archives où l'ADN de près de deux millions d'individus ayant eu maille à partir avec la justice était répertorié.

- Aucun résultat. Soit, on a quelqu'un qui commet un délit pour la première fois, soit c'est quelqu'un qui ne s'est jamais fait prendre ! Pour l'instant, je n'ai identifié que les empreintes de la femme de ménage, du frère, de la belle-sœur. Il me reste à comparer avec les autres membres de la famille et amis… quand vous les aurez convoqués.
- D'accord, fit Morvan, je vais mettre un autre agent pour rédiger et envoyer les convocations.

Ils quittèrent tous la pièce, tous conscients qu'il ne fallait pas perdre une seule minute. Le Capitaine Morvan resta seule. Elle se prépara à rencontrer le procureur afin de demander une saisie sur les comptes bancaires et sur les appels téléphoniques de Dina. Il fallait trouver quelque chose.

Le collège La Mennais avait bien changé depuis l'époque où il fréquentait ses salles de classe. Quand Luc arriva et descendit de sa moto, les élèves ne le quittèrent pas des yeux. Il ôta son casque qu'il rangea dans le *case* et retira également sa veste. Il était ravi de constater que malgré l'époque, les gamins s'intéressaient toujours aux grosses cylindrées. Si rien n'avait changé, pour aller au bureau, c'était le bâtiment à droite. Il emprunta donc l'escalier qu'il avait pris il y a plusieurs années pour trouver un Frère directeur fâché auquel il fallait rendre des comptes.

Tout en montant les marches, il pensait à Charlène. Cela faisait plusieurs mois qu'il ne l'avait pas vue. Il n'avait pas pu s'empêcher de l'observer à la dérobée. Il avait remarqué des changements : elle semblait flotter dans ses vêtements et ses yeux étaient cernés. Il attendait le moment propice pour lui parler, probablement en fin de la journée.

Il s'annonça à la secrétaire qui le regarda avec des yeux ronds. La police dans le bureau, une collègue assassinée ! Frère Boisseau était un homme grand, avec des cheveux blancs plutôt longs, et des mains larges comme des battoirs. Il reçut Luc avec beaucoup de cordialité et ce dernier lui expliqua brièvement les raisons de sa présence. Affligé, Frère Boisseau lui apprit que Dina Faure était une personne qui entretenait des rapports cordiaux avec ses collègues. Elle faisait un travail irréprochable avec ses élèves. Il semblait très désireux que Luc opérât en toute discrétion afin de ne pas perturber l'établissement.

    - Je comprends et je peux interroger ses collègues dans la salle des professeurs.
    - Oui, j'aime autant que vous n'interrompiez pas les cours pour leur parler. Je vais vous montrer où se trouve la salle. La personne la plus proche de Dina est Eugénie Terorotua.
    - Parfait, je souhaiterais l'interroger en priorité. Je compte également parler à quelques élèves.

Luc Savage détailla la salle des profs. Une pièce bien aérée, avec des casiers le long d'un mur, des tables rassemblées au milieu de la pièce, dans un coin, une petite table où étaient posés un four micro-ondes, une cafetière, un peu de vaisselle. Luc attendait avec le directeur que les professeurs arrivent. Pressés et affairés, ils lançaient des regards interrogateurs devant cet inconnu. Très peu fréquentaient Dina Faure, car c'était une personne réservée, quoique aimable si on lui adressait la parole. Enfin, une femme polynésienne corpulente avec un chignon sur la tête apparut et Frère Boisseau lui présenta Eugénie Terorotua. Elle avait le visage serein, mais les yeux gonflés et n'était pas surprise d'être interrogée par la police. Elle avait encore du mal à réaliser la mort de son amie. Mais voir cet homme devant elle la confronta soudain à la réalité : Dina avait été assassinée.

- Quand avez-vous Dina Faure la dernière fois ?
- La veille de sa mort, lundi.
- Elle vous a semblé comment ?
- Un peu préoccupée. J'ai pensé que c'était peut-être à cause de sa fille ?

L'image d'Irénia surgit dans sa tête : chétive, habillée comme un épouvantail, mal coiffée, la mâchoire large et carrée comme Dina, avec un duvet sur les lèvres.

- J'ai toujours eu pitié de sa fille qui ne fréquentait que sa cousine Heirani.
- La fille de Pascal Faure ? demanda Luc.
- Oui, car Valérie n'est pas la mère de Heirani. Cependant, Dina la considérait comme un membre de la famille. Bizarre non ? Dina pensait qu'une famille recomposée heureuse n'était pas possible pourtant le remariage de son frère était la preuve du contraire. Parfois, elle était assez paradoxale. Où en étais-je ? Je pensais que Dina s'était encore disputée avec sa fille.
- Elles se disputaient souvent ? demanda Luc.
- Depuis qu'Irénia avait compris que sa mère s'était servie d'elle pour se venger du père. Dina la décourageait de le voir, car Dina détestait la femme que fréquentait Max : c'était l'Étrangère. Et depuis qu'Irénia a décidé de faire le métier qu'elle voulait,. Dina n'aimait pas qu'on la contrarie.
- Pensez-vous que Maxime Barrey aurait pu s'en prendre à Dina ?
- Je ne sais pas, fit Eugénie en haussant les épaules. Pourquoi s'en prendrait-il à elle ? Parce que Dina le méprisait ? C'est de l'histoire ancienne !

- Sa famille dit que Dina ne fréquentait personne depuis leur séparation. Est-ce que vous confirmez ?

- Je confirme ! Elle refusait de faire le moindre effort pour plaire et n'avait aucune envie de rencontrer d'autres hommes. Elle se fichait de son apparence comme de l'an quarante !

C'était l'expression favorite de Dina. Elle mettait des robes *purotu*, et elle tressait chaque jour ses longs cheveux noirs, ne se maquillait jamais. Elle voulait qu'un homme l'aimât pour son esprit, pas pour son apparence physique.

Elle ne lui connaissait qu'une brève liaison : le professeur de guitare d'Irénia. Cette dernière en l'apprenant l'avait traitée de : « Connasse ! En plus t'es moche, qui voudra de toi ? ».

Eugénie se rendait compte qu'elle parlait trop. Difficile de rester silencieuse face au regard inquisiteur du policier.

- Savez-vous si Dina s'était disputée avec un collègue ou un parent d'élève ?

- Non, fit Eugénie. Les parents étaient contents de voir leurs enfants progresser ! Elle leur parlait sans chercher à les culpabiliser pour les mauvaises notes de leurs enfants. Le français n'est pas une matière facile pour les Polynésiens.

- Elle n'a jamais eu de conflits avec des élèves violents ? C'est monnaie courante de nos jours.

- Jamais ! Ses élèves l'adoraient, car elle s'intéressait réellement à eux. Si une élève avait subitement des notes en baisse, elle cherchait à comprendre et essayait de trouver une solution.

- Vous n'avez rien remarqué d'inhabituel dans son attitude ces derniers temps ?

- Eugénie regardait un bout de la table comme si elle voyait encore Dina, assise à sa place habituelle. Elle corrigeait des copies ce jour-là et elle allait vite. Puis, elle s'était subitement arrêtée, le stylo en l'air. Sa main tremblait.

- Ça va ? Tu fais un malaise ? Dina !
- Oui, ça va. C'est juste une histoire vraiment bizarre et je ne sais pas quoi penser de...
- Fais voir !
- Non.

Dina avait plié la feuille pour la soustraire à son regard. Puis, Dina était rentrée en disant qu'elle finirait de corriger plus tard le reste des copies.

- Cela s'est passé quand ? demanda Luc

Eugénie fouilla dans sa mémoire.
- Il y a trois mois environ.

Elle était sûre d'elle, car c'était juste après la rentrée scolaire.

- Elle vous a parlé plus tard de cette élève ? demanda Luc.
- Oui, elle m'a dit que c'était une gamine qui avait des problèmes à la maison, mais elle n'a pas été précise. J'ai pensé que c'était un énième enfant dont un parent buvait ou se droguait.

Savage interrogea quelques élèves de Dina sans rien découvrir de plus. Il se dirigeait vers la sortie de l'établissement quand ses pieds le menèrent devant une porte en bois massif comme animés par une volonté propre. Il tourna la poignée, c'était fermé à clé. Un professeur s'approcha.

- Vous cherchez quelqu'un ?

Charlène, faillit-il répondre comme un idiot. Est-ce qu'il n'était pas en permanence en train de la chercher depuis le jour où il l'avait aperçue la première fois ?

- Je me rappelle que le labo photo était là. Il existe toujours ?

- Non, il n'y a pas de labo photo. Ca fait huit ans que j'enseigne ici et cette pièce est un débarras. C'était quelle promo ?

Luc ignora la question, lâcha à regret la poignée et tourna les talons.

- Merci. Au revoir.

Luc sortit du collège vaguement nostalgique. À quelques mètres du lycée, il arriva devant le snack où jadis, il déjeunait avec ses copains de classe. Ce n'était plus la même enseigne. Les bancs et les grandes tables en bois avaient été remplacés par des chaises et tables en alu. Puisqu'il était midi, il acheta un casse-croûte et une boisson. Il s'assit à une petite table ronde, sur une chaise peu confortable. Tandis qu'il mangeait tranquillement, il pensait à ce qu'il venait d'apprendre. Dina Faure semblait être le prof que tous les élèves auraient aimé avoir. Une collègue respectée qui n'avait aucun conflit avec les autres professeurs. Il avait appris qu'elle détestait la compagne de son ex et qu'elle manipulait sa fille pour aliéner le père. Le sort d'un élève l'avait préoccupée il y a quelque mois. Était-ce important ? Eugénie Terorotua avait également mentionné la nièce de la défunte, Heirani Faure. Il savait ce qu'il lui restait à faire.

L'université de la Polynésie française était un bâtiment impressionnant. Après s'être présenté auprès de l'administration, et glané quelques informations susceptibles de l'aider à localiser Heirani, Luc se rendit à la cafétéria. Il monta les marches d'un escalier pour déboucher sur une grande plateforme. L'odeur des fleurs du *tipanie* lui assaillit les narines. Il descendit d'autres marches plus étroites et arriva sur une terrasse avec une vue sur les eaux turquoises du lagon de Punaauia. Il y avait environ six tables en bois pourvues de parasols et de bancs. À l'intérieur, la cafétéria se limitait à un comptoir et des réfrigérateurs à boissons. Il y avait également des tables et des chaises disposées le long de la grande baie vitrée. Il sortit la fiche d'inscription où figurait une photo de Heirani et balaya l'assemblée du regard. Il la reconnut sans peine.

- Heirani Faure ? dit Luc en s'approchant de la table.

Les jeunes levèrent à peine la tête. Heirani le regarda d'un air méfiant.

- Ouais, c'est moi.

C'était qui ce Blanc avec cette dégaine de motard ?

- Je suis policier et j'ai des questions à te poser, puis s'adressant à ses camarades qui maintenant le regardaient avec un air curieux, je vais vous demander de nous laisser seuls.

Ils se levèrent en attrapant leurs sacs à dos et gobelets, puis s'éloignèrent en traînant les pieds. Il observa Heirani, sa peau mate était sans défaut, elle était légèrement maquillée et portait une fleur d'hibiscus rouge à l'oreille. Heirani ressemblait déjà à une femme et ne cachait pas ses formes : débardeur moulant, soutien-gorge pigeonnant, et minijupe dévoilant des mollets épais.
- Qu'est-ce que vous voulez savoir ?
- J'ai besoin que tu me parles de ta tante.
- Je n'ai rien à dire, répondit Heirani en haussant les épaules.

Heirani mâchouilla son chewing-gum avec plus de vigueur et remis en place une mèche qui lui tombait devant les yeux. Elle avait gardé son téléphone à la main. Un Samsumg Galaxy, le dernier modèle que Luc avait vu à plus de 100 000 XPF. La jeunesse avait des goûts de luxe.

À quelques mètres de là, une fille cria et des rires retentirent. Un jeune homme, tee-shirt moulant sur des biceps saillants taquinait sa camarade qui avait une voix particulièrement aiguë. D'ailleurs, ils étaient le point de mire de toute l'assistance et Heirani tourna la tête dans leur direction un bref instant.

- Tu sais si elle avait des ennemis, des gens qui ne l'aimaient pas ?
- On dit qu'il ne faut pas dire du mal des morts ! je crois que mon oncle ne l'aimait pas. Tatie ne pardonnait pas facilement. Même avec ma cousine, elle pouvait rester fâchée longtemps, très longtemps...
- Elles étaient fâchées ?

Un bip retentit et Heirani brandit son téléphone portable, jetant un œil sur l'écran, lut le message puis lui lança un regard qu'il fut incapable de déchiffrer. Soudain, elle hésitait à parler comme si elle se rendait compte qu'elle parlait à la police.

- Chais pas... Le problème avec ma tante, c'est qu'elle veut tout contrôler. Moi j'ai une belle-mère et c'est cool. Elle n'est pas tout le temps sur mon dos, me dire quoi faire, me poser plein de questions. Elle ne me surveille pas.

Sa tante était vraiment coincée sur certains sujets, alors qu'avec Val, on parlait sexualité, préservatif très facilement. Elle se rappelait une discussion. Elles avaient seize ans et étaient dans sa chambre en train d'écouter de la musique. Irénia dessinait tandis qu'elle était en train de se faire les ongles, les pieds en éventail sur son lit.

- Un jour, Irénia m'a raconté qu'elle avait couché avec un mec et il ne fallait pas que Tatie soit au courant.

Heirani ne voudrait jamais se donner au premier venu pour sa première fois, il fallait qu'elle fût amoureuse et que le garçon fût gentil. Elle était romantique et rêvait d'une première fois idyllique.

Au lieu de ça, son premier copain avait profité d'elle. Elle avait accepté de coucher avec lui après plusieurs mois de flirt. Elle avait cédé à ses avances dès le lendemain, il l'avait ignorée. Du coup, elle se méfiait maintenant des garçons. L'expérience avait vraiment été décevante et catastrophique, elle en était ressortie dégoûtée.

- Ta tante surveillait sa fille tout le temps ? demanda Luc.
- Ouais, elle ne voulait pas qu'Irénia sorte avec des mecs. Pour elle, ce n'était pas bon de tomber amoureux et le sexe, c'était sale. Du coup, ma cousine faisait tout l'inverse. Plus elle sortait avec des mecs, plus elle était contente !
- Qui étaient ces mecs ?
- Des copains.

Elle jeta un œil vers son groupe.

- Lequel ? compris Luc
- Teva, celui qui porte un tee-shirt rouge.

Elle continuait de triturer son téléphone, manifestement impatiente d'être seule ou plutôt d'être avec ses amis qui les observaient de loin.
- Merci Heirani, fit Luc en la quittant et se dirigeant vers le groupe en question.

Elle hocha la tête en signe d'au revoir, déjà accaparée par son téléphone et par ses amis qui la rejoignirent lorsque Luc se leva de sa chaise.
Il arrêta Teva d'un geste et ils parlèrent quelques minutes.

- Il paraît que tu connais bien Irénia Faure ?
- Un peu. J'ai vu les infos. C'est sa mère qui a été tuée.

- Tu sais quelque chose ?

- Non.

- Vous êtes sortis ensemble longtemps Irénia et toi ?

- Oui, mais ce n'est pas que vous croyez ! On ne couchait pas ensemble ! C'est elle qui voulait faire croire ça à sa cousine. Moi je la trouvais trop moche. Elle avait même une moustache !

- Pourquoi elle voulait faire croire ça à sa cousine ?

- Chais pas, peut-être pour lui cacher qu'elle couchait avec n'importe qui ! Elle avait peur peut-être qu'elle aille tout raconter à sa *mater*

- Et les autres mecs, c'étaient qui ?

- Ben, des gars de l'unif, des fois elle sortait en boîte et se tapait des militaires, des marins. Il faut dire qu'elle était bien roulée, ça aidait à oublier sa figure.

Luc fit de son mieux pour faire abstraction des remarques désobligeantes pour obtenir les informations dont il avait besoin. Teva lui avait donné deux autres noms. Trouver leurs numéros de téléphone était un jeu d'enfant. Le premier fut surpris et ignorait l'assassinat de la mère d'Irénia Barrey. Il se rappelait parfaitement d'Irénia.

- Elle n'était pas belle, mais alors, les seins qu'elle avait ! Elle était chiante avec son côté vierge effarouchée. Nous sommes sortis plusieurs mois ensemble et je n'avais pas droit à un baiser, ou même à des caresses un peu… osées, vous voyez ? Mais dès que je regardais une autre fille, elle faisait la gueule.

- C'est vous qui avez mis fin à cette relation ?

- Un jour je l'ai vu avec un autre gars, et j'ai compris que c'était fini, mais je m'en foutais complètement. Je me concentrais sur mes études à ce moment-là. Pas envie de perdre mon temps avec une fille compliquée… en plus qui ne voulait pas coucher.

- Est-ce qu'elle vous a déjà parlé de sa mère ?

- Tout le temps ! Elle disait que sa mère était une connasse, qu'elle voulait diriger sa vie et refusait de la laisser vivre la sienne.

- Elle faisait référence à quoi de précis ?

- Ses études je crois. Je n'ai plus jamais entendu parler d'elle et plus jamais revu. Cela peut sembler bizarre, car c'est petit Tahiti, mais il suffit qu'on n'ait pas les mêmes centres d'intérêt… Bon, si vous n'avez pas d'autres questions, je dois vous laisser. Est-ce que je vous ai aidé ? C'est ce que tout ce que vous vouliez savoir ?

- Oui, merci.

Luc raccrocha et fit le deuxième numéro.

- Irénia Barrey ? C'était une chaudasse ! Elle était prête à tout et acceptait de tout faire. Une fille désinhibée.

- Comment cela s'est terminé entre vous ?

- Je sentais que c'était une fille à problèmes : elle se plaignait qu'elle ne se sentait pas chez elle en visite chez son père, elle se plaignait de l'Étrangère, et aussi de sa mère, elle était à couteaux tirés ! J'en ai eu assez. On s'est bien amusé et puis basta.

- Vous saviez que sa mère ne voulait pas qu'elle fasse Arts plastiques ?

- Oui, elle m'a bassiné avec ça ! En plus, elle avait une peur bleue que sa mère apprenne ce qu'on faisait… Apparemment, le sexe c'était *tapu*. Si elle avait su que sa fille couchait à qui mieux mieux…

Luc entendit un ricanement à l'autre bout du fil.

- Écoutez, cela fait un bail que je n'ai pas revu Irénia. Je ne tenais pas à elle particulièrement. Franchement, elle était moche et mal fagotée. Je m'en foutais complètement avec qui elle baisait du moment qu'on le faisait avec une capote. À mon avis, c'était des mecs qui avaient de l'argent. Ils lui offraient des bijoux.

- Quel genre de bijoux ? Vous les avez vus ?

- Non, c'est elle qui me disait qu'elle en avait et qu'ils étaient en or et en pierres précieuses. Pas le genre de cadeau que ferait un étudiant si vous voyez ce que je veux dire…

- Parfaitement, fit Luc songeur.

Il raccrocha et se mit à réfléchir longuement. Il commençait à cerner la personnalité d'Irénia et à comprendre les relations entre la victime et sa fille. Se pouvait-il qu'on puisse tuer pour de telles broutilles ? Oui, incontestablement.

IRÉNIA BARREY

Charlène trouva très facilement la résidence où habitait Irénia Barrey à Punaauia. Après la RDO, elle fit demi-tour au rond-point de la Mairie de Punaauia et emprunta une des servitudes côté montagne. Elle dut sortir de sa voiture pour composer le code qu'Irénia lui avait donné par téléphone.

- Quand vous arriverez, vous verrez des places de parking sur le côté à votre gauche, vous pouvez vous garer là, je suis dans le bâtiment B, appartement 10 au 3étage.

Au téléphone, Irénia Barrey lui avait semblé plutôt calme. Charlène reconnut immédiatement la fille de Dina Faure. Sur les photos, Irénia était une enfant chétive sans aucune beauté. Quand Irénia, adulte, lui ouvrit la porte, elle constata que le vilain petit canard ne s'était pas transformé en cygne. La laideur d'Irénia était désolante. Ses yeux étaient trop grands et cernés et rouges à force d'avoir pleuré, sa coupe de cheveux était simple, courte et frisée, ses sourcils épilés très fins et en arrondi lui conféraient en permanence une expression de surprise, ses joues creuses accentuaient la largeur de sa mâchoire.

Charlène entra dans un appartement spacieux, moderne et agréable qui sentait la peinture et la térébenthine. Charlène devina qu'elle l'avait interrompue en pleine séance de création. Irénia défit son tablier taché qui lui permettait de protéger ses vêtements.

Elle lui fit signe de s'asseoir dans un fauteuil du salon. La baie vitrée qui donnait sur la terrasse disposait d'une vue imprenable sur la marina Taina. Le soleil dardait ses derniers rayons de soleil et illuminait le séjour d'une lumière chaude.

- Mes sincères condoléances pour votre mère.

Charlène s'assit en face d'Irénia. Des larmes commençaient à poindre. Irénia fouilla dans la poche de son jean et sortit vivement un mouchoir.

- Je n'ai pas arrêté de penser à la dernière fois où j'ai vu ma mère. C'était jeudi dernier. Elle était passée à la maison un soir. Nous avons discuté un moment puis elle est repartie.
- De quoi avez-vous parlé ?
- De mon travail de professeur d'arts plastiques, de l'exposition que je préparais.
- Vous a-t-elle semblée normale ?
Elle jeta le mouchoir dans une corbeille à papier, pensive.

- Non. En fait, depuis quelques années, nous étions un peu en froid toutes les deux alors j'étais vraiment très surprise qu'elle soit venue vers moi. D'habitude, ma mère ne fait jamais le premier pas.
- Vous vous étiez disputées à quel sujet ?
- Elle ne voulait pas que je participe à l'exposition parce qu'elle trouvait le thème indécent. Mais lorsqu'elle était venue me voir, elle avait complètement changé d'avis. Elle m'encourageait à m'exprimer librement, et à faire ce qui me plaisait.

- Pourquoi ce changement ?

- J'étais tellement contente d'avoir son soutien que je n'y ai même pas réfléchi.

- Connaissez-vous une personne qui pouvait lui en vouloir ? N'a-t-elle jamais mentionné une personne avec qui elle aurait eu des problèmes ?

- Non, jamais.

- Vous étiez ici toute la journée du mardi ?

- Oui, j'avais du travail. J'ai continué mon tableau.

- Vous étiez seule ?

- Oui

- Vous permettez que je voie votre atelier ?

- Bien sûr.

Charlène suivit Irénia dans une autre pièce. Sur les murs étaient accrochés plusieurs tableaux, il devait y en avoir au moins une vingtaine.

- Le propriétaire m'a dit que cela ne posait pas de problème de faire des trous dans les murs du moment que je les rebouchais quand je partirai et que je repeignais bien la pièce.

- Trouvez-vous acheteur ?

- Oui parfois. En fait, j'ai quelques tableaux que j'envoie à Moorea dans un *fare* pour touristes. Ce n'est pas spécialement ce que j'appelle de l'art, mais ça se vend bien et au moins, je gagne un peu.

Charlène comprit ce qu'Irénia voulait dire en parlant d'art lorsqu'elle remarqua les toiles posées par terre les unes contre les autres. Elles représentaient des *tipanie* ou des *hibiscus*, des lagons bleus et des palmiers, des pirogues sur l'eau ou sur la plage. Le genre de souvenir effectivement que les touristes devaient affectionner. Leur mièvrerie et leur banalité étaient navrantes, mais elles n'étaient pas désagréables à regarder. Une toile était posée par terre et recouverte d'un paréo.

- Celle-ci est destinée à l'exposition. J'en ai peint deux autres. Ces tableaux m'ont demandé des jours et des jours de travail. J'étais inspirée.

- Vous avez dit tout à l'heure que votre mère n'aimait pas le thème de l'exposition.

- Le thème c'est la sensualité. Ma famille est très pratiquante et ma mère assez pudique. Je pense que la sexualité la gênait et qu'elle en avait honte.

Les Tahitiens se rendaient à la messe ou à l'office tous les dimanches matin. C'était une habitude bien ancrée dans la vie polynésienne.

Sa mère ne verrait jamais les tableaux, n'assisterait jamais à sa première exposition, Irénia sentit encore les larmes venir. Elle attrapa un autre mouchoir et essuya celles qui coulaient sur sa joue.

- Pour trouver son assassin, et comprendre pourquoi quelqu'un l'a tuée, j'ai besoin de savoir qui était votre mère et ce qu'elle faisait ces derniers jours. Savez-vous si quelque chose la préoccupait dernièrement ?

- Pourquoi me demandez-vous cela ? Quel rapport avec son meurtre, je croyais que c'était un cambriolage qui avait mal tourné ?

- Non, nous avons écarté cette hypothèse. Certains indices nous prouvent que le vol n'est pas le mobile. Nous essayons de savoir si quelque chose s'est passé qui aurait pu entraîner sa mort.

- C'est horrible. Je n'ai eu que très peu de contact avec ma mère. Comme je vous le disais, nous étions en froid. Je regrette tellement…

Charlène sut à cet instant précis qu'Irénia n'avait rien à voir avec le meurtre de sa mère. Elle prononça quelques paroles consolatrices, consciente que ce n'étaient que des platitudes. Quelquefois, les banalités aidaient à masquer son propre désarroi. Elle aussi avait perdu un être cher et comprenait fort bien le vide que cela laissait. S'accrocher à son travail l'avait aidée. Sur le point de rentrer au poste pour rédiger son PV, elle se rappela qu'elle voulait interroger Valérie Faure. Elle prit une autre direction pour se rendre à Vaimea.

La télé était allumée, mais Valérie ne la regardait pas. Elle triait le linge à donner. Elle avait sorti les vêtements des penderies, tout mis par terre dans le séjour où elle avait plus de lumière et de place. Pourquoi accumulait-on autant de choses dans la vie ? Certaines robes encore très bien pouvaient être portées bien que démodées. Elle alla dans le débarras prendre un carton vide, et commença à le remplir de vêtements. Elle tria minutieusement les robes en deux tas, celles qu'elle garderait, celles qu'elle donnerait.

Tiens, une robe de Dina. Elle ne l'avait portée qu'une seule fois puis elle avait décrété qu'elle ne s'y sentait pas à l'aise. Dina et ses idées bien arrêtées. Qu'a fait ou dit Dina pour qu'on veuille la tuer ? Elle était… mauvaise. Maxime avait pâti de sa méchanceté. Ce fut seulement lorsque la policière arriva devant la porte d'entrée qu'elle la vit. Elle la fit entrer, lui demanda si elle voulait boire quelque chose comme si c'était une amie qui venait lui rendre visite. Elle se força à garder son calme, se rappelant ce que Pascal lui avait dit un jour : bizarre qu'on se sente toujours coupable face à la police, on a peur alors qu'en fait, elle est là pour nous protéger et nous servir.

- Je viens vous voir dans l'espoir qu'un souvenir vous serait revenu depuis la dernière fois, expliqua la policière.
- Oui, entrez. Votre collègue est venu et a pris quelques affaires de Dina, est-ce que vous allez les garder longtemps ?
- Je ne peux pas vous dire quand elles seront rapportées. Vous les récupérerez lorsque nous n'en aurons plus besoin.
- Bien sûr. Et la maison, ne pourrait-on pas commencer à ranger et à nettoyer ? Parce que… on ne peut pas la laisser comme ça…

La policière la regardait d'un air compréhensif.

- Ne vous inquiétez pas. Nous ferons appel à une société de nettoyage qui s'en occupera très bien. Pour le moment, il ne faut toucher à rien. La maison est sous scellées.
- Cela me fait vraiment froid dans le dos quand je pense à chaque fois à ce qui s'est passé, juste là à côté de chez nous. Maintenant, j'ai peur de rester seule ici. Mais, je pense que vous n'êtes pas là pour m'écouter parler.
- Je viens d'apprendre par Irénia qu'en fait depuis quelque temps, elle était brouillée avec sa mère. Je voudrais savoir si vous étiez au courant ?

Elle avait une voix douce et une attitude tranquille qui détendit immédiatement Valérie. Cette fois, son collègue n'était pas là, avec son ordinateur à noter mot pour mot tout ce qu'elle disait.

- Oui bien sûr, j'étais au courant. Dina détestait le milieu artistique. Elle avait fait allusion une fois au fait que les peintres étaient tous à l'ouest, fumaient, copulaient à qui mieux mieux, sous prétexte de voir émerger leur art. Elle était assez dure envers tout le monde et particulièrement envers sa fille. Elle la couvait trop, mais Irénia s'est rebellée comme tous les enfants qui grandissent et qui veulent voler de leurs propres ailes.
- Un tel caractère ne devait pas plaire à tout le monde.
- Dina ne cherchait pas à plaire. Même pour Maxime, elle n'avait pas fait l'effort de lui plaire pourtant elle l'aimait.
- Charlène garda le silence, encourageant Valérie à se confier. Valérie prit un vêtement au-dessus d'une pile, le plia soigneusement. Elle le regarda un instant avant de le mettre dans un carton à moitié plein. Elle se représentait Max tel qu'il était la dernière fois, lors d'un déjeuner familial. Il mangeait lentement, ne semblant guère apprécier la nourriture. Alors que chacun discutait, rigolait,

il restait silencieux. Il avait constamment la mine soucieuse et des rides barraient profondément son front. À l'époque, il n'était pas heureux.

- Elle croyait Maxime incapable de la quitter et vivre sans sa fille, sa petite princesse. Cependant, il les a quittées. Vous imaginez ce qu'elle a pu ressentir ?

Charlène comprenait qu'il n'y avait rien de pire qu'une femme blessée dans son orgueil.

- Elle n'a pas fréquenté d'autres hommes depuis leur rupture ?
- Personne. Au début, elle espérait que Max revienne à la maison, car il avait plusieurs aventures... jusqu'à ce qu'il rencontre sa compagne actuelle, Hina.

Elle se rappelait parfaitement le jour où Dina lui en avait parlé. En fait, c'était à la nuit tombée et quelques étoiles apparaissaient dans le ciel. Elle avait dit que Maxime avait rencontré une femme. « Il m'a jeté à la figure son bonheur ». L'amertume et la jalousie avaient suinté de ses mots.

Valérie soupira et continua de parler.
- Tout se passait bien entre Dina et Max, une certaine entente et routine s'était installée dans leur rupture. Mais quand Dina a compris que Max voulait faire sa vie avec cette « étrangère », tout a changé.

Dina était devenue odieuse. Elle ne se rappelait plus exactement le nombre de fois où le couple battait de l'aile, mais à chaque fois, Dina appelait Max dès qu'elle apprenait la nouvelle par sa fille. « Hina n'est plus à la maison, papa est tout seul ». Elle niait toujours qu'elle avait des sentiments pour Max. C'était pour le bien de leur fille, car Irénia espérait tant voir ses parents ensemble. Jamais Max n'avait accepté. Hina est la femme qu'il aime.

- De quels changements parlez-vous ?

- Elle critiquait Max par exemple ou elle décourageait Irénia d'aller chez son père. Finalement, Irénia aussi s'est éloignée d'elle.

- Dina est allée la voir la semaine dernière et s'était réconciliée avec sa fille.

- C'est vrai ? Dina ne m'en a pas parlé.

Valérie essuya une larme. Elle était heureuse que Dina ait fait la paix avant de quitter ce monde.

- Vous ne voyez pas à quoi serait dû son changement d'attitude ?

Dehors, un coq chantait. Valérie prit le temps de réfléchir avant de répondre.

- Non, je ne vois pas. Ces derniers temps, elle voulait surtout trier les affaires d'Irénia. Elle voulait les donner à une de ses élèves. Et ce n'était pas dans ses habitudes de faire ça. En général, elle donnait à la famille ou encore à Anita.

La policière fit mine de se lever. Tout à coup, Valérie réalisa qu'elle en avait peut-être trop dit ou pas assez.

- Vous savez, elle était spéciale, mais elle était très dévouée à la famille. Elle ne méritait pas de mourir comme ça.

- En tout cas, une personne a jugé qu'elle méritait de mourir.

Luc et Charlène arrivèrent en même temps à la DSP. Il y avait encore du monde dans la petite pièce. Un homme âgé accompagné de sa fille. L'agent au comptoir prenait la déposition. L'homme s'était fait agresser en rentrant chez lui à pied la veille au soir par un groupe de jeunes. L'agent fit un signe du menton pour saluer les deux policiers qui passaient devant lui puis continua de poser des questions à la victime.

- Est-ce que ça va ? demanda Luc malgré lui.
- Oui, ça va, répondit Charlène en s'éloignant.

Il résista à l'envie de lui prendre le bras, mais ce n'était ni le moment, ni le lieu. Ils arrivèrent dans le bureau alors que Morvan semblait perdre son calme au téléphone.

- Est-elle réveillée ? … Bon alors, demandez au médecin si on peut prendre sa déposition… Comment ça, il n'est pas là ? Écoutez, cette touriste a été grièvement blessée et nous ne savons pas encore ce qui s'est passé alors si elle va mieux, je vous envoie deux agents pour l'interroger… Non, ils n'attendront pas que le médecin revienne ! Trouvez-le avant que mes agents arrivent… Dans une demi-heure. C'est ça, au revoir.

Elle jeta presque le combiné sur son bureau. Un troisième touriste victime d'un accident en l'espace de quinze jours ! Une Japonaise avait succombé à une plongée qui avait mal tourné, le second décès concernait un quadragénaire métropolitain dont le crâne avait été défoncé par la coque d'un hors-bord en nageant dans le lagon. Claveau devait être débordé avec toutes ces autopsies à faire.

Heureusement, cette touriste allemande ne rentrerait pas chez elle les pieds en avant. Tahiti au lieu d'être un paradis s'avérait être un lieu de cauchemar.

- Une touriste, expliqua Arii, apparemment elle s'est fait bouffer par des chiens. La personne qui l'a trouvée et qui a appelé les secours ne comprenait pas un mot de ce qu'elle disait. On va envoyer Taiti qui se débrouille bien en anglais.

- Je parie que ce sont des pitbulls, répliqua Luc.

Les Polynésiens raffolent de ces bêtes hargneuses arguant que c'étaient de bons gardiens et qu'au moins, il n'y aurait pas de voleurs chez eux. Pourtant la loi était stricte sur ce point.

- Du nouveau ? interrogea Morvan revenant à l'affaire qui la préoccupait davantage.
- Luc prit la parole en premier :
- La victime était dévouée corps et âme à deux choses : son travail et sa fille. Prof, elle a été déçue par le choix d'études de sa fille. La séparation avec le père s'était très mal passée. À mon avis, il subsiste encore des griefs.
- Quoi d'autre ? dit Morvan.
- Heirani Faure, continua Luc, la nièce de la victime, m'a dit qu'Irénia avait le feu aux fesses, ce que m'a confirmé un ancien petit copain. C'est sans doute une autre raison de la brouille entre la mère et la fille.
- Je doute que ces deux raisons constituent un mobile assez puissant pour commettre un matricide, conclut Morvan. Charlène, tu en penses quoi ?

Pendant tout ce temps, Charlène avait hoché la tête pour marquer son désaccord. Elle prit la parole.

- Elles s'étaient réconciliées la semaine dernière. Bien qu'elle n'ait pas d'alibi, je pense qu'elle n'a rien à voir avec ce qui est arrivé à sa mère.
- De toute façon, l'assassin est un homme, rappela Arii.
- C'est juste, laissons Irénia Barrey de côté et concentrons-nous sur Dina, dit Morvan. En résumé, c'était une femme qui a élevé sa fille seule, avec qui elle avait peu de contact, mais quelques jours avant son meurtre, elle se rend chez elle pour une réconciliation. Il s'est donc passé quelque chose entre temps.
- Ah, fit Luc, il y a trois mois environ, Dina s'inquiétait pour une élève. Impossible de l'identifier.

Charlène se rappela sa conversation avec Valérie Faure.

- Dina était odieuse envers le père quand il est parti de la maison, spécialement quand il a enfin rencontré une femme.

- Décidément, on en revient toujours à Maxime Barrey. Il aurait cherché à se venger ? Cela vient un peu tard non ? pensa tout haut Morvan. Arii, as-tu quelque chose ? Es-tu allé chez Anita pour lui montrer les photos ?

- Oui, j'ai vu Anita et rien ne manquait, dit Arii. Elle a pris le temps de bien regarder. J'ai fouillé dans l'ordinateur de Dina. Dans sa boîte emails, j'ai une correspondance entre la victime et Maxime Barrey. Lisez ça, je pense que cela va peut-être nous mener au coupable.

Ils lurent rapidement les feuillets qu'il leur tendit. Pendant quelques minutes, on n'entendit plus rien dans la salle à part le climatiseur qui cliquetait à intervalles réguliers.

- Le dernier mail remonte à deux jours avant le meurtre, dit Luc. Il lui en veut, car elle aurait refusé de participer aux frais liés aux études de leur fille.

- Exact, dit Arii. Les frais des études l'avaient mis sur la paille l'empêchant de concrétiser un projet personnel.

- Mais pourquoi en reparler maintenant, ces faits remontent à trois ans maintenant ? demanda Charlène

- Barrey a peut-être exigé un remboursement, mais la p'tite dame n'a pas voulu ? suggéra Arii.

- Luc, tu iras l'interroger demain, décida Morvan

Charlène Siu prit tout son temps pour ranger des PV qui traînaient sur son bureau, faisant de son mieux pour ne pas remarquer que Luc l'attendait sans dire un mot. Ils sortirent ensemble de la DSP. Dehors, le soleil se couchait et nimbait l'atmosphère d'une couleur dorée.

La circulation était dense et bruyante.

Il faut qu'on parle, fit Luc avant qu'elle n'aille dans la direction opposée à la sienne. Retrouvons-nous ce soir au resto, proposa Luc.

Toute la journée, elle s'était préparée à cet instant. Le moment où Luc voudrait lui parler en tête à tête sérieusement.

- Lequel ?
- À l'Auberge ?

Un restaurant pas loin de chez elle très fréquenté, car capable de servir à toute heure de la journée. Elle hésita un court instant. Pourquoi celui-là ? Luc essayait-il déjà de lui passer un message ?

Mais quand elle le regarda droit dans les yeux et vit son expression suppliante, elle sut qu'il n'avait aucune arrière-pensée en choisissant le seul restaurant de tout Tahiti qu'elle avait soigneusement évité depuis plusieurs mois.

- D'accord, on se rejoint là-bas à 18h30.
- Elle ne souhaitait plus l'éviter.

Un serveur *raerae*, une fleur de *tiare* à l'oreille, vint leur apporter le menu. Il reconnut Charlène et lui adressa un large sourire, et détailla Luc de la tête au pied d'un coup d'œil appréciateur. Puis, il leur proposa le plat du jour avec la voix grave et doucereuse si caractéristique des *raerae*. Ces hommes qui se sentaient femmes s'accoutraient et se comportaient comme des femmes.

Certaines d'ailleurs étaient très jolies et possédaient un sens artistique très développé. Elles s'épanouissaient dans des métiers tels que la coiffure, le maquillage, l'artisanat, la danse. Dans l'hôtellerie et la restauration, elles étaient des employées appréciées pour leur caractère affable et leur gouaillerie.

Quand le serveur partit après leur avoir donné le menu, Charlène observa Luc. À trente-cinq ans, il restait séduisant malgré de nouvelles rides autour des yeux.

- Je me doute que j'ai une sale gueule, dit Luc surprenant son regard. Pourquoi tu ne m'as jamais rappelé ?

Comme à son habitude, il allait à l'essentiel sans détour.

- Je ne pouvais pas te parler.

Luc crut que c'était tout ce qu'elle pourrait lui donner comme explication, mais elle continua.

- Je te haïssais, Luc. J'avais besoin d'un coupable. Le vrai responsable était en prison, mais cela ne me suffisait pas et puis rien ne peut me ramener Adrian.

Luc ouvrit le menu, mais ne jeta pas un regard dessus. Un poids lui écrasait la poitrine. Même mort, Adrian était toujours là entre eux. Il se sentait triste pour Charlène.
- Charlène…

Charlène frémit lorsqu'il murmura son prénom. Son ton plein de compassion la révolta, mais elle se maîtrisa. Tout était de sa faute à lui si son monde s'était écroulé comme ça, en une nuit noire.

- Je vais très bien ! Au moins, je ne me réfugie pas dans le *paka*.
- Touché, fit Luc.

Il passa une main dans ses cheveux et elle reconnut dans ce geste si familier le signe qu'il capitulait. Elle regretta aussitôt d'être aussi dure et glaciale envers lui. Elle aurait pu l'encourager, le soutenir, mais la colère et la douleur étaient encore si vives, c'était une plaie qui ne cicatrisait pas et qui saignait, saignait…

- Vous avez commandé ? demanda le *raerae*.

Il nota leur choix sur un carnet. C'était ici qu'Adrian et elle venaient souvent le soir quand ils étaient trop épuisés l'un et l'autre pour se préparer à dîner. La toute dernière fois – pourquoi était-ce la seule chose dont elle se rappelait avec une telle acuité ? – elle venait de prendre la déposition d'une femme pour violence conjugale. La jeune femme qui n'avait que vingt-huit ans et était enceinte. Son mari alcoolique la battait pour un oui et un non. Elle avait peur de partir. Peur de perdre son bébé si son mari continuait de lui donner des coups de poing dans le ventre ou des coups de pieds quand elle était par terre. Charlène avait quitté le poste de police profondément ébranlée.

Ce n'était pas la première fois ni la dernière fois qu'elle aura à écouter de telles femmes. Elle savait parfaitement cacher ses émotions, mais Adrian savait que derrière son impassibilité, elle bouillonnait de colère ou dissimulait un profond abattement. Il savait toujours et avait demandé : « une sale journée, hein ? ».

- Il me manque, dit-elle.

Sa voix se brisa. Les derniers ressentiments que Luc pouvait avoir envers elle fondirent comme neige au soleil. Il ne savait que trop bien le vide qu'Adrian laissait derrière lui. Il avait été un idiot d'avoir choisi cet endroit rempli de souvenirs d'Adrian.

- À moi aussi, Charlène, il me manque.

Bien sûr que son ami lui manquait. Il se culpabilisait sans aucun doute. Tant mieux, pensa-t-elle qu'il souffre comme moi. Puis elle eut honte de cette pensée peu charitable.

- Nous sommes pathétiques, constata Charlène.

Le *raerae* arriva avec les plats et ils se rendirent compte qu'ils avaient faim. Quelquefois, les souvenirs la submergeaient et la laissait comme une noyée sur un rivage et puis d'autres fois comme maintenant, ils étaient doux. Tout à coup, c'était comme si Adrian était là. C'était donc vrai, pour qu'une personne reste vivante, il fallait continuer de penser à elle.

Pendant que Luc l'attendait dans le parking, il avait préparé des questions, car il souhaitait des réponses. Mais dès que Charlène apparut, il oublia tout. Son corps réagissait et son cœur s'emballait. Rien que sa vue le ravissait exactement comme à l'époque du lycée. De toutes les femmes qu'il avait rencontrées, elle seule lui faisait cet effet.

Elle avait troqué les jeans et la chemise, ce qu'elle portait chaque jour au boulot pour une robe simple. Un rien l'habillait. Elle était grande, mais pas aussi grande que lui malgré ses talons. Elle avait aussi lâché ses cheveux et il la trouva plus séduisante que jamais.

« Je te haïssais »

La phrase repassait en boucle dans sa tête et il se raccrocha à l'idée que Charlène l'avait dite au passé, mais il devinait qu'il y avait autre chose qu'elle ne voulait pas lui dire. Il s'était pourtant juré qu'il ne lâcherait rien, mais c'était Charlène et il était incapable de la pousser dans ses retranchements.

Il n'expliquait pas non plus ce fait : c'était la seule femme qui lui inspirait un sentiment protecteur. Il ne pouvait supporter qu'on lui fasse du mal.

Charlène changea de sujet de conversation. Il était clair que l'un et l'autre voulaient une trêve. C'était un début.

L'EXPOSITION

Quand Charlène Siu ouvrit les yeux, elle chassa la vision macabre. Son réveil indiquait 4 heures du matin. Repoussant le souvenir sanglant, Charlène se leva prestement. Après avoir enfilé sa tenue de jogging, elle se mit à courir sur son tapis de course électrique jusqu'à ce les premiers rayons du soleil inondent le séjour d'une belle lumière dorée. Mais il n'y avait pas moyen d'y échapper.

Depuis deux jours, le corps de Dina lui revenait sans cesse en mémoire, sa position, la façon dont elle avait été tuée, sa bouche sans langue. Le pire était l'odeur de la mort. Elle avait l'impression d'avoir été souillée, parce qu'elle avait respiré la Mort et que cette chose était entrée en elle par les narines, envahissant chaque cellule de son corps. Elle s'était lavée, frottée des heures durant dans l'espoir de faire partir cette odeur terriblement tenace.

Elle courait vite, jusqu'à ne plus pouvoir récupérer son souffle. Son cœur battait fort dans sa poitrine et son corps luisait de sueur. Sous la douche, elle laissa l'eau chaude de la douche relaxer ses épaules contractées, et chassa le souvenir d'Adrian, ses mains larges et chaudes contre sa peau. Elle n'était plus qu'une coquille vide à la recherche d'une complicité qu'elle savait perdue à jamais.

Les cheveux humides, elle prépara son petit déjeuner en pensant encore à Dina et à son frigo. Elle avait pénétré dans l'intimité de cette femme et vu sa solitude. Son existence tournait autour de sa fille à en croire le nombre incalculable de photos à son domicile. Elle comprenait cela parfaitement. Elle-même gardait sa photo de mariage, posée sur un coin de son bureau. Adrian voulait qu'elle changeât de métier pour se consacrer à la photographie. Il croyait en elle, en son talent.

Mais elle se doutait que ce n'était pas la seule raison. Savoir qu'elle pouvait courir un danger dans son métier l'inquiétait. Tout comme Luc s'inquiétait aussi pour elle. Luc.

Quand elle était descendue de sa voiture, il l'avait guidé en lui prenant le bras, exactement comme Adrian le faisait. Elle avait su qu'elle pourrait toujours compter sur lui. Penser à lui fit remonter une boule douloureuse dans sa gorge et lui coupa l'appétit. Elle ferma la maison à clé. La journée s'annonçait difficile.

Lorsqu'elle poussa la porte de la DSP, Morvan venait d'envoyer Luc interroger Maxime Barrey. Charlène commença à rédiger le procès-verbal concernant l'entretien avec Irénia Faure la veille. La sonnerie du téléphone l'interrompit. C'était son amie Nadine, qui travaillait dans une agence de communication.

- Je peux te rappeler ?
- Ah non alors ! À chaque fois, tu oublies de me rappeler. C'est juste pour te dire que j'ai une invitation pour une expo ce soir et que j'aimerais que tu viennes. Ça fait un bail qu'on ne s'est pas retrouvée pour papoter.
- J'ai vraiment beaucoup de travail là, j'ai besoin de me concentrer…
- Je sais bien que tu fais un travail important, mais le vendredi soir, tu ne vas pas travailler ? Si ?

Si Nadine, pensa Siu in petto. Dans mon travail, il n'y a pas d'heure, c'est vingt-quatre sur vingt-quatre, pas de week-end et très peu de vacances pour un salaire modeste. Avec ça, la population nous considère souvent avec méfiance. Mais elle aimait son métier et parfois, elle ressentait le respect des personnes qui la saluaient en la reconnaissant. Charlène demanda :
- C'est quoi cette expo ?
- Expo d'un collectif d'artistes, des toiles, des œuvres

diverses ! Le thème c'est la sensualité, ça promet des œuvres assez chaudes.

- Nadine se mit à pouffer. Nadine, jeune et conquérante, respirait la joie de vivre, une vrai boute-en-train ! Les heures de sommeil manquant lui donnaient des maux de tête puissants. Irénia. Exposition. Sensualité. Tout en coinçant le combiné de l'appareil à son oreille, elle feuilleta rapidement les pages de sa déposition. C'était là, juste là, et elle avait failli passer à côté.

- C'est bien au Musée des îles ?

- Oui. Tu sais vraiment que tu crains ? Faut sortir un peu ma vieille ! Je passe mes soirées de week-end scotchée devant des séries américaines. Je crois que je les connais toutes et je suis en train de m'abrutir. Crois-moi, il est temps que je rencontre un mec, car là, je tourne vieille fille ! Ok, je ne vais peut-être pas rencontrer un mec ce soir-là, mais sait-on jamais ?

La bonne humeur de son amie lui arracha un sourire. Sans le savoir, Nadine venait de l'aider en lui offrant l'occasion de voir les toiles d'Irénia Barrey.

- D'accord, fit Charlène en riant pour mettre fin au flot de paroles, tu as gagné, je capitule ! On se retrouve là-bas tout à l'heure.

- Super ! Ça démarre à 17H, ne tarde pas trop, je pense qu'il va y avoir du monde. Le parking sera plein et tu auras du mal à te garer... tu vas vraiment venir hein ? Tu vas voir ça va être très sympa ! T'as pas dit ça juste pour te débarrasser de moi ?

- Non, je t'assure ! Je vais venir. Allez, à tout à l'heure.

- Ok, bises.

Savage marchait à l'ombre des immenses flamboyants de l'avenue Pouvana a Oopa pour se rendre au Haut-Commissariat qui se trouvait en face de la DSP. La standardiste prévint Maxime Barrey de son arrivée et finit par le guider dans les couloirs du bâtiment. Elle frappa à une porte identique à plusieurs autres. Un homme filiforme au visage osseux se leva à son entrée pour lui tendre une main amicale. Il avait l'air jeune et pourtant, Luc savait qu'il avait presque la cinquantaine.

- Bonjour, je suis Luc Savage et j'enquête sur la mort de madame Dina Faure. L'avez-vous contactée récemment ?

- Non, nous ne nous parlions plus du tout, fit Barrey. C'était comme ça depuis qu'on n'est plus ensemble.

- Depuis que vous l'avez quittée, vous voulez dire ?

- Je parie que c'est ce que son frère a raconté ! En fait, je suis sûr que c'est ce que Dina a raconté à tout le monde. En vérité, c'est elle qui m'a demandé de partir. Que pouvais-je faire d'autre, je n'étais pas chez moi !

- Donc vous avez obéi et vous avez fait comme elle voulait, fit Savage. Cela vous arrangeait bien de toute manière. Vive la vie de célibataire, plus besoin de s'occuper d'un bébé.

Luc savait qu'il faisait une erreur et que son boulot n'était pas de juger quiconque, mais il trouvait l'individu antipathique. Bref, il ne le sentait pas et il avait un très bon flair : ce gars avait tout de l'homme respectable et il savait que souvent il suffisait de gratter le vernis pour voir la réalité dans toute sa splendeur.

- Je serais restée si elle ne m'avait pas chassé. Et j'aimais m'occuper de ma fille. Après le boulot, je rentrais et faisais les courses pour pouvoir préparer de quoi manger. Dina ne cuisinait pas. J'ai toujours fait en sorte que ma fille ait son espace bien à elle quand elle venait me voir et j'essayais autant que possible d'être présent.

- Saviez-vous qu'elles ne s'entendaient plus ?

- Oui, fit prudemment Barrey. J'étais au courant, car Irénia me racontait tout. À l'adolescence, elle s'est un peu rebiffée. Elle ne supportait plus sa mère et disait même qu'elle voulait vivre avec moi.

- Une crise d'ado qui a duré alors parce qu'elles ne se sont réconciliées que quelques jours avant sa mort.

- Ah !

Ce fut la seule réaction de Barrey. Savage pensait aux mails qu'ils s'étaient écrits.

- Vous dites que vous aviez peu de contact avec Dina Faure, expliquez-moi.

Les rares fois où ils se voyaient, c'était dans un parking pour récupérer ou ramener Irénia. Les ressentiments et les rancunes étaient si tenaces qu'ils ne s'adressaient même pas la parole. Tout ce que Maxime souhaitait alors, c'était passer un peu de temps avec Irénia et il ne voulait pas gâcher ces moments de retrouvailles. Voilà comment sa fille avait grandi : avec des parents qui ne se disaient jamais bonjour et étaient incapables d'avoir une relation amicale. Tout ça parce que Dina était jalouse de Hina.

- Je n'avais absolument rien à lui dire. Je me fichais totalement de ce qu'elle faisait. Elle ne m'intéressait pas du tout, seule ma fille comptait pour moi.
- Ok, je comprends, mais par contre, vous vous parliez au téléphone parfois ? Peut-être par mail ?

Maxime Barrey tressaillit.

- Parlez-moi de votre projet d'acquisition de terrain qui est tombé à l'eau. Pourquoi il ne s'est pas fait ?
- Ma fille devait poursuivre ses études en métropole. Vous savez ce que cela implique ? Beaucoup de frais ! Je ne pouvais pas assumer sur les deux fronts alors j'ai fait mon choix.
- Vous avez accepté de tout financer, n'est-ce pas ?

Luc observa attentivement Barrey. Le silence dura plusieurs secondes pendant lequel Barrey soupesa ce que le policier savait. Le résultat fut qu'il décida qu'il valait mieux ne rien cacher, car un jour où l'autre, il était convaincu que les mensonges ou les cachotteries vous revenaient en pleine figure.

    - En fait, commença prudemment Barrey. Dina ne voulait rien payer.
    - Pourquoi ?
    - D'après elle, je lui avais fait la promesse de tout prendre à ma charge.

Maxime Barrey la voyait encore, en colère, outrée par sa requête, sourde à ses protestations. Elle ne voulait rien savoir de sa situation, et refusait catégoriquement de faire un emprunt pour les études d'Irénia. Comme il avait insisté, elle était partie furieuse et en larmes en courant vers sa voiture. *Puisque c'est comme ça, notre fille ne fera pas d'études !* Il n'avait donc pas eu le choix.

    - Du coup, vous avez payé sans rechigner, conclut Luc. Comment votre compagne a-t-elle pris les choses ? Vous n'êtes pas mariés, n'est-ce pas ?
Barrey fit signe que non.

    - Elle a été compréhensive, répondit Barrey. Hina avait compris que l'avenir des enfants était plus important…
    - Votre enfant d'abord.
    - Oui.

Hina trouvait qu'Irénia se comportait mal or il refusait de croire que sa fille était aussi vilaine. Il aurait dû se douter que Dina montait sa fille contre Hina. Et puis un enfant ne prenait-il pas comme modèle ses parents ? Comment n'avait-il pas repéré les signes qui montraient à quel point Hina était à bout ?

Lorsqu'il avait annoncé du bout des lèvres à Hina qu'il fallait retarder leur projet de construire leur foyer, il s'était attendu à des cris, des récriminations, à des jours et des jours de tension à la maison, mais elle a simplement dit « Pourquoi ? » et ils n'ont plus jamais abordé la question. Il avait ressenti sa déception et surtout il l'avait vue dans ses yeux.

Un jour il avait visité avec Irénia une exposition sur Modigliani. Le type ne peignait pas les yeux de ces modèles. Et Irénia, qui était alors étudiante en arts plastiques lui avait expliqué que pour l'artiste, « d'un œil on devait regarder l'extérieur et l'autre œil devait regarder au fond de soi-même ». Les yeux de Hina à ce moment-là s'étaient vidés de son âme. Et depuis ce jour, elle avait de plus en plus souvent le regard vide.

- Vous en vouliez à votre ex ?

Oui bon sang, il lui en voulait ! Il aurait été tellement plus heureux sans cette harpie dans sa vie.
- Vous pensez que j'aurais voulu la tuer à cause de ça ?
- Je ne sais pas. Vous l'avez tuée ?
- Non ! Je lui en voulais, mais pas au point de vouloir sa mort.
- Votre compagne non plus ? Elle avait aussi des raisons de lui en vouloir…
-

Hina ? Hina et ses yeux sans vie. Vraiment, il n'y avait jamais pensé. Mais malgré lui, il y pensait tout en sachant pertinemment que c'était impossible.

- N'importe quoi ! Elles n'ont jamais eu le moindre contact. Laissez Hina en dehors de ça. Nous n'avons rien à voir avec ce meurtre sordide.
- Où étiez-vous ce mardi 23 mars entre 10h et 14h ?
- J'étais en sortie de terrain dans la vallée de Punaru'u !
- Seul ?
- Oui seul. D'habitude, je ne pars jamais seul. Mais, cette fois-ci, les deux personnes de l'Association de la

Protection de la Nature qui devaient accompagner pour cette mission, se sont désistées.

— Et vous faites quoi exactement ?

— J'étudie les plantes. Je m'occupe de recenser et localiser les végétaux. Ma mission est de préserver la biodiversité du territoire, en fait de toute la Polynésie.

— Vous n'avez croisé personne pendant ce temps, parlé à quiconque sur le chemin ?

— Vous me soupçonnez réellement, demanda incrédule Maxime.

— Il s'agit d'une formalité. Si vous êtes innocent, vous n'avez rien à craindre. Alors, répondez à la question. Quelqu'un vous a-t-il vu ?

— Non, il n'y avait personne. Vous savez, en semaine, il n'y a pas beaucoup de monde en promenade dans les vallées.

Lorsque le policier quitta son bureau. Maxime ressentit le besoin irrépressible de rejoindre Hina. Cette année, il avait effectué plus de déplacements que d'habitude pour des missions dans d'autres îles du pacifique. Cela avait encore contribué à les éloigner l'un de l'autre. Puis il avait été très pris par les exposés et les cours donnés pour les étudiants et les élèves dans les écoles. Il pensa à la pancarte « FERMÉ » posée sur sa porte lorsqu'il était allé la voir. Où donc était-elle allée ?

Maxime Barrey rentra plus tôt que d'habitude en ignorant son collègue dans le couloir, car c'était un bavard impénitent. Il ne se sentait pas d'attaque à la discussion interminable qui allait immanquablement suivre s'il s'arrêtait pour l'écouter. Toute la journée, il avait eu beaucoup de mal à se concentrer : répertorier les espèces trouvées dans la vallée de la Punaaru'u, trier et légender les photos lui avait donc pris plus de temps que d'habitude. Il avait ensuite répondu à plusieurs courriers de collaborateurs étrangers en vue d'une mission à Rapa.

Il n'avait qu'une hâte : rentrer chez lui et retrouver Hina.

Quand il rentra, il lui donna un rapide baiser sur la joue en lui demandant comment s'était passé sa journée. «Comme d'habitude» fut sa réponse et elle se détourna de lui pour signifier qu'elle n'avait aucune envie de parler. C'était ainsi depuis des mois. Un regard vide. Alors il alluma la télé pour regarder le journal télévisé.

Elle continua de piquer des tiges de fleurs dans la mousse. Les *opuhi* et les anthuriums rouge vif avec des tiges de dracaena au feuillage panaché formaient un joli contraste. Il était extrêmement difficile de composer un ensemble harmonieux alliant asymétrie, espace et profondeur.

Pendant qu'elle coupait les tiges pour leur donner la longueur adéquate, elle pensait à sa vie, à la façon dont un acte affreux l'avait amenée à apprendre l'art de l'ikebana avec un groupe de femmes aussi paumées qu'elle. Une autre époque, une autre vie. Dans la cuisine, elle remplit un verre d'eau pour ensuite le verser dans la mousse et entreprit d'habiller le vase d'une grande feuille de *auti*.

Maxime n'écoutait guère la présentatrice. Il repensait à son entrevue de l'après-midi avec le policier.
 - Un policier est venu m'interroger. Je crois que je suis un suspect pour eux.
 - Ah bon ? Comme si tu étais capable de faire ça.

Il crut déceler une once de mépris dans sa voix. Elle pensait que Dina l'avait castré. Lui cherchait seulement à éviter des représailles. Fixer une pension et des jours de visites officiellement ne plairait pas à Dina. Il a suivi les conseils de Hina et déposé une requête au juge aux affaires familiales. Dina n'avait pas tardé à lui faire comprendre qu'elle n'était pas contente du tout. Irénia avait toujours une bonne excuse pour ne pas venir le voir : elle n'avait pas ses affaires personnelles chez son père et beaucoup trop de travail d'école pour venir. C'était indubitablement sa manière de se venger de cette humiliante convocation au tribunal. De la même façon, quand elle avait appris que Hina avait emménagé chez lui, la conséquence n'avait pas tardé : il n'avait plus le droit d'entrer dans la cour de la maison et devait attendre au bord de la route qu'Irénia sorte de la maison. Il savait de quoi était capable Dina quand elle n'était pas contente. Qui avait-elle pris en grippe dernièrement ?

> - Tu iras aux obsèques ?
> - Oui, Irénia veut que je sois là.
> - Évidemment, dit Hina. Tu devrais acheter un bouquet pour mettre sur sa tombe. Après tout, c'était la mère de ta fille.

Pourquoi ces mots lui semblaient des reproches déguisés ? Sans doute parce qu'elle aurait voulu être mère. « Je voudrais que tu ne fasses pas d'enfants à d'autres femmes » c'était ce que voulait Dina. Sans le vouloir, il avait exaucé son vœu et pas celui de Hina.

Maxime pensait à ses crises de colère et de violence qui plombaient leurs relations pendant des semaines. Comme par hasard, les disputes survenaient après chaque visite d'Irénia. Il ne pouvait épouser une femme incapable d'accepter sa fille, ou avoir un enfant dans ces conditions. Leur relation s'était muée en une guerre de tranchées. La nuit, elle le réveillait en le frappant et en hurlant de rage. Un cauchemar, disait-elle. Un jour, elle le tuerait dans son sommeil. Aurait-elle été capable de tuer quelqu'un ? Et il revit encore le petit panneau « Fermé » accroché à sa porte. Elle n'était pas à son travail au moment où Dina avait été tuée. Et si...

Hina avait pris sa voiture et décidé de rayer Dina de son existence ? Elle connaissait le chemin de la maison. Elles ont eu des mots. Hina n'avait pas voulu la tuer, mais Dina s'était mise dans une rage folle. Après les mots, ce sont les mains. Si c'était le cas, Hina aurait dû avoir des bleus. Il n'avait rien remarqué. Il eut un rire sans joie. Comme s'il pouvait remarquer quoi que ce soit. Cela faisait des mois qu'il ne la touchait plus. Il n'osait pas parce qu'elle se couchait à l'autre bout du lit, en lui tournant le dos. D'abord son regard s'est détourné de lui, mais même son corps semblait nier son existence.

LE TABLEAU

Arii reprit le dossier de Dina Faure en main. Elle avait été élève au collège de Tipaerui, avait poursuivi sa scolarité au lycée La Mennais, avait obtenu une licence de lettres en métropole avant d'obtenir le CAPES. Comme la plupart des étudiants polynésiens, elle rentrait au pays chaque été pour voir la famille, son père en l'occurrence. C'était pendant ses études qu'elle avait fait la connaissance de Maxime Barrey. Ils avaient décidé de vivre à Tahiti où elle avait un poste de titulaire au collège des Frères. Quatre ans plus tard, elle se retrouvait seule avec sa fille. Les années suivantes étaient sans intérêt.

Pourquoi une femme comme elle se serait fait assassiner sauvagement ? Elle n'était pas mêlée à des gens dangereux, et n'évoluait pas dans un milieu à risque. Il se mit ensuite à compulser les relevés de compte bancaire et la liste de ses derniers appels. Au départ, rien de suspect dans ses mouvements bancaires n'apparut, puis il remarqua que Dina avait retiré une certaine somme d'argent toutes les semaines depuis trois mois.

Il consulta la liste de ses derniers appels et identifia les numéros : ceux de son frère, sa fille, son amie Eugénie. Un numéro était souvent composé. Il chercha dans la liste. C'était bien là, le même numéro la veille de sa mort. Arii attrapa le combiné du téléphone. Une femme décrocha rapidement.

- SOS Vahine, bonjour.

Arii fut si surpris qu'il faillit lâcher son combiné.

- Bonjour, ici Arii Tehei, de la DSP, et je vous appelle dans le cadre d'une enquête criminelle.
- Oui ? dit l'autre voix désireuse d'aider.
- Est-ce que le nom de Dina Faure vous dit quelque chose ?
- Non, désolée.
- Elle vous a appelé avant d'être assassinée sauvagement à son domicile le lendemain.

Arii laissa ses mots pénétrer dans la conscience de son interlocutrice, mais le silence de l'autre pouvait aussi bien signifier qu'elle cherchait dans sa mémoire ou qu'elle cachait quelque chose.
- Quel est le rôle de votre institution ?
- Protéger les femmes battues. Nous leur accordons soutien en cas de séparation avec le conjoint. Nous les aidons à porter plainte, à trouver un logement, etc. ... Beaucoup de femmes appellent et gardent secrète leur identité. ...
- Vous rappelez vous de cet appel passé lundi à 16 h ?

Non, elle ne pouvait pas se rappeler qui avait appelé à 16h lundi.
- Est-ce que vous enregistrez vos conversations ?
- Non, désolée, on le faisait encore récemment par précaution, mais l'appareil est tombé en panne et nous ne l'avons pas remplacé.
- Puis-je vous envoyer quelqu'un ? Cette personne vous montrera une photo de la victime afin que vous me disiez si vous la reconnaissez au cas où elle se serait déjà rendue chez vous.
- Bien sûr. Que cette personne vienne donc lundi, car nous sommes deux dans les bureaux, il y a aussi une

psychologue sur place et elle pourra peut-être vous aider plus que moi.

- Parfait, merci. À lundi.

Il raccrocha, pensif. Il ouvrit son navigateur Google pour rechercher des informations sur SOS Vahine. Une seule référence semblait convenir. Arii cliqua sur le lien, une page s'afficha. Il s'agissait du site du Groupement de Solidarité des Femmes de Tahiti. Sur la page figuraient des numéros d'urgence de la gendarmerie, de diverses associations pour venir en aides aux femmes dont SOS Vahine suivi du numéro du centre.

Bon, il n'apprendrait rien de nouveau de la sorte. C'était le week-end, pas d'enquête possible, tout était fermé. Il lui fallait attendre lundi. Il songea qu'il pourrait prévenir les autres, mais Charlène était partie en marmonnant qu'elle devait se rendre au Musée des îles, Luc n'était toujours pas de retour.

Finalement, il décida qu'il était temps de rentrer chez lui. Il se représentait sa mère, au chevet constant de son père malade. Elle serait soulagée de le voir de retour à la maison afin de pouvoir souffler un peu.

Rester avec un malade toute la journée, l'accompagner à ses séances de chimiothérapie demandait beaucoup de patience et d'énergie. Arii aurait voulu être plus présent, mais ses parents refusaient de le voir sacrifier son travail. Ils étaient si fiers de sa réussite, du fait qu'il était un policier.

Le Musée des Îles était rempli de monde. Dehors, là où le Méridien avait installé le buffet, plusieurs personnes se pressaient pour aller se servir. Nadine sortit de la salle d'exposition pour pouvoir se désaltérer. Un serveur en uniforme vint lui proposer un plateau avec des verres de punch ou de jus de fruits. Elle hésita un moment, assez tentée par le punch puis finit par choisir le jus de fruits. Elle ne voulait pas rougir pour tout le reste de la soirée et préférait rester parfaitement lucide. Où donc était Charlène ? Elle vit enfin la silhouette familière.

- Ah, te voilà ! Tu es en retard ! Je commençais à croire que tu allais me poser un lapin ! Suis-moi, je veux te montrer l'expo.

Au bout de l'allée, une baie vitrée s'ouvrit automatiquement à leur passage. Elles prirent l'allée de gauche. Sur de grands panneaux noirs, étaient exposées des toiles de dimensions différentes. Pendant leur ballade, Nadine se montrait diserte, critiquait, analysait chaque toile : Bousquet, Marere, N'Guyen, Gaya, Bernier… et elles s'arrêtèrent devant celle d'Irénia Barrey.
- Une artiste prometteuse. Personnellement, je trouve sa toile un peu sombre. Elle l'a appelée « Jouissance » moi je l'aurais plutôt appelé « Morbide ».

Charlène regarda attentivement la toile. Une silhouette féminine qui semblait étendue au sol aux contours imprécis sauf le vagin, au-dessus d'elle, on pouvait deviner un pénis de taille surdimensionné.

Un visage apparaissait au premier plan la bouche ouverte, les yeux fermés, les cheveux épars torsadés. La couleur dominante était le noir, avec des touches de brun et de rouge.
- On dirait un mélange du « Cri » de Munch et de « La jeune vierge autosodomisée » de Dali, murmura-t-elle.

Nadine se tourna vers son amie avec une moue approbatrice.

- Que sais-tu à propos de l'artiste ? demanda Charlène.
- Pas grand-chose : elle n'est pas là ce soir. Un décès dans la famille, c'est la veillée ce soir et demain, c'est

l'enterrement. Sa mère a été assassinée... Oh, j'ai compris !
C'est ton affaire, c'est ça ?

- Oui.

- Vous connaissez le meurtrier ?

- Non.

- La pauvre fille…

Siu sortit son téléphone portable de son sac de soirée.
Nadine roula des yeux et prit un air consterné. Charlène ne
sembla même pas remarquer l'exaspération de son amie qui
pensait « Tu pourrais éviter de penser une minute au travail ! »

Luc décrocha dès la première sonnerie.

- Luc, tu disais l'autre jour qu'Irénia était très active
sexuellement ?

Au nom de Luc, Nadine avait sursauté et avait lancé un
regard interrogateur vers Charlène qui l'ignora. Elle avait
beaucoup de mal à entendre la voix de Luc.

- Oui d'après deux témoins. Pourquoi ? Tu as une
nouvelle piste ?

- Je ne sais pas, répondit Charlène hésitante. Je viens
de voir une peinture d'elle, le thème de l'exposition est la
sensualité. Son tableau est sombre et dérangeant.

- Tu penses que cela a un lien avec ce qui est arrivé à sa
mère ?

- C'est seulement une intuition. Après tout sa mère ne
voulait pas qu'Irénia expose. Je me demande si elle savait
ce que peignait sa fille ?

- Elle ne pouvait pas le savoir, remarqua Luc.

- Non, reconnut Charlène tout en réfléchissant.

- Où es-tu ?

- Au vernissage de l'exposition.

- J'arrive.

- Non !

Un cri. Le silence dura trois secondes, mais ces secondes furent si longues. Puis, elle entendit Luc dire d'une voix neutre :

- Ok. On se voit lundi.
- Oui, à lundi, fit Charlène soulagée, avant de raccrocher.

Nadine se colla à elle en roulant des gros yeux, et chuchota :

- Vous retravaillez ensemble depuis quand ?

Charlène fit comme si elle n'avait pas entendu la question et continua sa promenade dans la galerie, mais Nadine qui la suivait, insista.

- Hey, tu ne pensais quand même pas me le cacher indéfiniment ! Je l'aurais appris tôt ou tard.

Charlène feignit d'être absorbée par l'œuvre suivante. Elle désirait maintenant se retrouver seule loin de toute cette foule bruyante et ne pas avoir à répondre aux questions de Nadine. Elle regardait le visage d'une femme au corps souple mêlé à celui d'une silhouette masculine dont on n'apercevait pas le visage, seulement le dos et les cuisses.

La couleur et la douceur de la peau de la femme contrastaient avec celle de l'homme plus foncé. De plus, l'artiste avait peint des muscles saillants en opposition à la rondeur de la femme. La lumière émanant du tableau était saisissante. Mais il n'était pas aisé d'esquiver les questions de Nadine.

- Comment il va ?
- Mal…
- Il est toujours amoureux de toi ?

Charlène regrettait maintenant d'avoir raconté de long en large son passé avec Luc. Elle se rappelait parfaitement du jour où elle avait fait ces confidences. Il pleuvait et la sortie « Foire Agricole » pour aller dénicher des plantes pour le jardin zen de Nadine et faire son marché bio avait été annulée. Elles étaient restées chez Nadine.

Elles avaient parlé des hommes évidemment, Nadine enviant son sort de femme fraîchement mariée, et surtout posant des questions sur Luc. Elle ne cachait pas qu'il lui plaisait alors pour la mettre en garde, elle avait dit :

- C'est un coureur de jupons, évite-le.
- Cela ne me pose pas de problème, je n'ai pas envie de l'épouser ! avait répondu Nadine.

Elles avaient ri, mais Nadine l'avait scrutée avec une vive curiosité.

Charlène lui avait avoué qu'ils s'étaient fréquentés au lycée. En entrant dans la DSP, elle ne savait pas qu'il y travaillait. Depuis ce jour, Nadine était persuadée que Luc était toujours amoureux d'elle. « J'ai surpris une fois son regard sur toi. Il pense toujours à toi, j'en suis sûr ».

Était-il amoureux d'elle ? Elle le revit, misérable et paumé lors du dîner à L'Auberge. Elle voyait encore sa main large qu'il avait passée dans ses cheveux châtains, et elle entendit de nouveau son ton désolé quand il avait murmuré « Charlène ».

- Je ne sais pas. Pour l'instant, il souffre et veut que je lui pardonne.
- Pardonner, répéta Nadine, pardonner quoi ?
- D'être vivant.

Luc Savage resta longtemps assis dans son fauteuil après le coup de fil de Charlène. Il avait le sentiment de l'avoir brusquée ou acculée alors que ce n'était pas son intention. Après le dîner à L'Auberge, il avait pensé que leur relation allait redevenir comme avant : une relation basée sur la confiance. Elle savait forcément ce qu'il ressentait pour elle, mais connaissait aussi les pulsions qui l'animaient et les craignait. C'était la seule explication logique à son attitude. Il devait être patient.

Bon sang, qu'est-ce qu'il aimait recevoir un appel d'elle et entendre sa voix. Elle l'avait appelé pour l'enquête bien sûr. Uniquement pour les besoins de l'enquête.

Que voulait-elle savoir ? Irénia. Ses tableaux et ses nombreux amants. Autre chose le préoccupait, mais il n'arrivait pas à trouver quoi. Il tenta de se rappeler tous les entretiens : d'abord Eugénie Terorotua, puis Irénia, ensuite, Teva, Barrey. Il revit Maxime Barrey et se rappela la véhémence avec laquelle il avait dit que sa campagne n'avait aucun contact avec la victime. Et s'il mentait ?

L'ENTERREMENT

Le supermarché était comme un lieu de promenade : les consommateurs avaient la démarche nonchalante et poussaient des caddies vides. Charlène Siu mit ses sachets de fruits et légumes sur la machine. La personne à la pesée ne répondit ni à son bonjour, ni à son merci. Elle était vêtue de son gilet doudoune, ses lèvres colorées en rouge dessinaient un pli amer.

À la caisse, les clients posaient rapidement leurs achats sur le tapis en un tas dangereux, en remplissant chaque centimètre carré vide, puis fourraient tout dans les sacs. Charlène pensa à Dina Faure qui ne vivait que pour sa fille, se préoccupant uniquement de la nourrir intellectuellement. Une petite fille qui ne sortait pas, et avait pour amie sa cousine. En grandissant, leur relation s'était dégradée. Le téléphone sonna. C'était Luc.

- Après ton coup de fil hier, j'ai réfléchi.

- Je t'écoute, fit Charlène en regardant la femme devant elle poser ses courses sur le tapis.

- J'avais parlé à deux personnes. Le premier m'avait dit qu'elle n'était pas très portée sur le sexe, limite frigide. Alors que le deuxième m'a avoué que c'était une vraie bombe sexuelle.

- Tu es sûr d'avoir bien compris cela ?

- Aucun doute. Elle faisait croire à sa cousine qu'elle sortait avec un dénommé Teva. En fait, elle couchait et se faisait payer ses services, car elle avait des bijoux, en or et en pierres précieuses.

Si Irénia se prostituait et que sa mère l'apprenait, cela aurait-il conduit au meurtre ? Supposons qu'un de ses clients, un homme influent voulant se protéger ait voulu faire taire Dina ? Non, c'était trop farfelu. Il aurait tué Irénia et non la mère. Et si Dina avait décidé de faire éclater au grand jour les activités d'Irénia ? Était-ce pour cela qu'elle s'était réconciliée avec elle ?

Silence, alors que leurs cerveaux tournaient à plein régime. La femme devant elle, tendait sa carte à la caissière, et était en train de composer son code. Charlène poussait son chariot à présent vide.

- Les hommes qui font appel à des putes ne sont pas des enfants de chœur, continua Luc. Ce sont bien souvent des hommes de pouvoir. Ceux capables d'envoyer un sbire pour tuer un témoin gênant.

Il avait donc fait le même raisonnement qu'elle. Charlène revit Irénia, prostrée dans son salon, mais vit aussi la violence dans ses tableaux.

- Enfin, ce n'est qu'une piste, continua Luc, imagine qu'elle ait revu un de ces types et que la victime, lionne protectrice, ait découvert la vérité.

- Tu n'as aucune preuve, dit Charlène qui reprenait la répartie favorite de Morvan.

- Non, concéda Luc.

- Tu as quoi d'autre ?

- La femme de Barrey. Je vais creuser de ce côté-là. J'ai l'impression que le gars me cache quelque chose.

- Bonne chance. Je me rends aux funérailles de la victime.

- Ce n'est pas une bonne idée.

Cela l'agaça prodigieusement qu'il cherchât à la protéger. Les souvenirs d'Adrian, hélas, ne se limitaient pas à 6 mètres carrés de marbre et une stèle minuscule. Elle compatissait à la perte d'un être cher et elle irait à ces funérailles.

- Cela donnera une bonne image de la police, dit Charlène.

Cette répartie fit hérisser le poil de Luc qui à ce jour ne savait toujours pas quelle image au juste on voulait donner de la police. Pour lui, le Système était pourri jusqu'à la moelle. La Police, la Justice, la Politique, tout était étroitement imbriqué. Il suffisait d'être influent, un homme politique, ou de connaître quelqu'un ou d'être de la famille, et la procédure n'était plus respectée. L'image de la police, au service du peuple, il n'y croyait guère. Mais Charlène était assez naïve pour croire encore en la justice.

- Tu ne changes pas, hein ? dit Luc.

Il n'aimait pas que Charlène « joue le jeu de l'administration ». C'était ainsi qu'il qualifiait chaque action ou sortie qui avaient pour but de redorer le blason de la DSP.

- Toi non plus, répondit Charlène.

Elle raccrocha. Luc était toujours en colère contre le Système avec un grand S. Dans le fond, certaines choses ne changeaient jamais. En tout cas, lui ne changeait pas. Et il se trompait. Elle avait changé. Elle était à bout, elle avait de nouveau mal à la tête et pas de doliprane sous la main.

Le cimetière de l'Uranie était situé à l'entrée de Papeete et comportait plusieurs plateaux qui surplombaient la ville. C'était là où devait être enterrée Dina. Charlène se gara dans le parking du bas qui jouxtait la route principale et emprunta à pied la route qui montait sur les hauteurs là où une nouvelle résidence était en construction.

Les funérailles de Dina n'avaient mobilisé qu'une vingtaine de personnes. Siu attendait le moment propice pour aborder Irénia. Un homme se tenait à ses côtés, et elle devina à leur ressemblance qu'il s'agissait du père, Maxime Barrey. Ainsi c'était lui, l'homme qui avait suscité tant d'amour à Dina puis tant de haine. Également à l'écart, se tenait Anita, un mouchoir à la main. Elle reniflait discrètement tout au long de la prière.

Toutes les personnes étaient vêtues en blanc. Charlène écouta le discours du pasteur puis celui de Pascal Faure. La chorale entonna un chant pendant qu'on descendait le cercueil sous terre. Chacun lança des fleurs ou une poignée de terre. Petit à petit, les rares personnes présentes quittèrent les lieux après avoir encouragé une dernière fois la famille proche. Elle remarqua que peu de gens saluaient Maxime Barrey, et beaucoup même l'ignorait. Elle put enfin s'approcher d'Irénia.

- Je voudrais savoir si votre mère avait vu votre peinture ?

- Non, elle ne s'y intéressait pas du tout.

- Est-ce que vous avez réfléchi un peu à notre dernière entrevue ? Un souvenir a-t-il refait surface ?

- C'est drôle que vous me demandiez ça. Sur le moment, j'ai pensé que ma mère avait simplement changé d'avis, car elle voulait que je sois heureuse et fasse ce qui me plaise. Il y a bien quelque chose que j'ai trouvé bizarre. Elle m'a demandé par exemple pourquoi je me comportais comme une fille facile, est-ce que je cherchais à dégrader mon corps… C'était très gênant parce que nous ne parlions jamais de mes copains et encore moins de sexe. Je pense que quand elle a vu que sa question me gênait, elle a vite enchaîné sur autre chose.

- Que vous a-t-elle dit d'autre ?

- Oh, on a parlé de mon enfance, du fait que j'aimais tellement dormir avec elle parce que je faisais souvent des cauchemars. C'est drôle, mais même maintenant, je n'ai jamais aimé dormir toute seule. Peut-être que c'est pour ça que je ne reste jamais longtemps célibataire… je n'aime pas être seule la nuit.

Charlène chercha comment aborder la question sur les bijoux et ne trouva pas. Apparemment, Luc et elle faisaient fausse route. Dina ne pensait pas à la prostitution de sa fille parce que cela n'avait rien à voir avec ça.

Charlène quitta l'Uranie et rentra chez elle. Elle repassait encore et encore dans sa tête la conversation qu'elle avait eue avec Irénia. La journée fila très vite. Le soir, avant d'aller se coucher, elle prit un cachet espérant venir à bout de ses maux de tête. Elle attrapa un livre et se mit à lire pendant plusieurs heures. Quand elle sentit le sommeil la gagner, minuit était passé. Elle éteignit la liseuse et ferma les yeux.

La dernière fois que Charlène avait vu son mari vivant, Adrian portait la chemise turquoise qu'elle lui avait offerte et qui faisait ressortir ses yeux bleus. Il était content de sortir avec Luc tandis qu'elle se réjouissait de rester seule. Elle dormait, mais elle s'était réveillée brusquement parce qu'on frappait à la porte. Charlène s'était levée en s'apercevant qu'Adrian n'était pas allongé près d'elle. Elle avait ouvert la porte et vu Désalmand mal à l'aise, le visage triste. Derrière lui, près de la voiture banalisée, elle avait reconnu la silhouette de Morvan. Le directeur de la DSP était en face d'elle, à sa porte. Elle avait compris tout de suite.

- Charlène, s'il te plaît, asseyons-nous, avait commencé le commissaire, mais elle n'avait pas bougé, attendant qu'il parlât. Il y a eu un accident. C'est Adrian. Je suis désolé…

Elle avait compris qu'elle ne reverrait plus jamais Adrian, son sourire, ni ne ressentirait sa chaleur, ses étreintes. Elle s'était appuyée contre le chambranle de la porte. Le capitaine Morvan avait accouru. Désalmant l'avait soutenue jusqu'à l'intérieur de la maison pour l'installer sur le canapé.

Morvan avait fouillé dans sa cuisine pour lui servir un verre d'alcool. Elle n'avait pas pleuré tout de suite, mais était restée simplement choquée sur son canapé, redoutant les paroles que le commandant allait prononcer pour expliquer l'inimaginable. Elle avait bu machinalement, l'alcool lui avait brûlé la gorge et les entrailles. Un chauffard ivre avait provoqué un accident mortel en percutant la voiture, celle de son mari, qui venait en face sur l'autre voie : Adrian avait été tué sur le coup, Luc était dans le coma et gravement blessé.

Les larmes avaient enfin jailli de ses paupières. Elle avait levé la tête et fixé Désalmand.

- Le conducteur ?
- Il a été arrêté, il n'a été que légèrement blessé. 1.44 g d'alcool dans le sang. Il paiera pour ce qu'il a fait. Homicide involontaire sous l'emprise d'alcool, il sera puni comme le prévoit la loi.

C'était le policier qui parlait. Quelque chose s'était brisé en elle : le chauffard respirait toujours tandis qu'Adrian serait enterré. Ensuite, c'était le goût salé de ses larmes qu'elle avait eu sur ses lèvres. Morvan lui avait tendu un paquet de mouchoirs. Elle l'avait remercié d'une voix enrouée. Une boule s'était formée dans sa gorge, le long cri silencieux et intérieur avait soudain jailli brusquement produisant un son rauque. C'était elle qui criait ? Elle ne reconnaissait pas sa voix.

Une enquête avait été ouverte. Le conducteur, âgé de 22 ans, non seulement était ivre, mais n'avait pas non plus de permis, il avait déjà été condamné à plusieurs reprises : délits routiers, conduite sans permis ou en état alcoolique. Il avait roulé à très haute vitesse, 120 km/heure, et il n'y avait eu aucune trace de freinage sur la route. Il n'avait laissé aucune chance à Adrian. La condamnation a été aussi sévère que les réquisitions : 8 ans d'emprisonnement et interdiction de repasser le permis de conduire pendant 5 ans. Rien ne pouvait consoler son âme meurtrie même pas la sentence. Cela n'effacerait pas la vision d'Adrian à la veillée sur son lit réfrigéré.

Elle avait vécu dans le brouillard, mais se rappelait d'Iman Wohler et du légiste Claveau, car ils étaient arrivés les premiers. Elle détaillait les traits de son mari, ses cils blonds, sa mâchoire carrée, ses lèvres exsangues qui l'avaient embrassée, ses bras qui l'avaient enlacée. Malgré elle, ses yeux avaient enregistré ce qu'ils voyaient comme si elle cadrait, composait une image, elle l'avait trouvé beau même sans vie. Elle lui avait caressé les cheveux.

Claveau et Iman se tenaient à ses côtés. Elle pleurait en tenant la main froide d'Adrian.
À travers ses larmes, elle avait vu le visage inquiet d'Iman et le malaise de Claveau.

    - Je veux une paire de ciseaux.
    - Quoi ? avait dit Claveau.
    - Qu'est-ce que tu veux faire, Charlène, avait demandé doucement Wohler.
    - Je veux garder une mèche de ses cheveux.
    - Donne-lui ce qu'elle demande, avait ordonné Wohler en se tournant vers Claveau.

Trop ahuri par la demande, Claveau avait obéi. C'était quoi cette bonne femme ? Dieu merci, il avait toujours sa sacoche avec lui au cas où on l'appelait d'urgence ! Les femmes et leurs lubies !

Ils étaient restés silencieux, tandis que Charlène coupait une mèche dorée de son mari, puis, elle avait demandé un coupe-ongles et cette fois, Claveau le lui avait tendu sans protester. Iman lui avait donné un petit sachet en plastique, habituellement utilisé pour les scellés. Elle avait mis le tout à l'intérieur, et avait paru retrouver son calme. Les yeux rougis et les paupières gonflées par les larmes, elle s'était approchée de Claveau.

- Les cheveux et les ongles ne pourrissent pas, n'est-ce pas? Je sais que l'ADN est bien préservé au niveau des phanères.
- Oui. Dans les cheveux, la molécule ne subit aucune pollution à cause de l'absence de bactéries.
Elle avait jeté un dernier regard à son mari, puis avait serré le plastique dans sa main.

- Nous voulions un enfant.

Claveau comprit tout. Bien sûr, un enfant avec leurs deux patrimoines génétiques. Un souvenir macabre, mais il l'avait comprise.
- Je suis désolé.

Iman l'avait regardé tout étonné, car il n'avait jamais vu le légiste tomber dans le sentimentalisme.

Il était minuit passé. Les gens se pressaient devant la porte noire matelassée du Paradise Night, attendant que le videur voulût bien les laisser entrer. Luc s'avança tranquillement et dépassa des femmes parfumées et excitées au milieu d'hommes parlant et riant fort. Il marchait sur un tapis rouge usé qui menait à l'antre de la discothèque. Là, la lourde porte noire munie d'une lucarne s'ouvrait sur Moana, le videur. C'était un Polynésien râblé et costaud au visage impassible. Moana faisait entrer les personnes au compte-gouttes avant de barrer le chemin de son bras large et musclé puis de refermer la porte. Lorsqu'il vit la haute silhouette de Luc, il n'eut pas un seul sourire, mais fit un geste du menton vers l'intérieur. Luc lui serra la main quand il passa près de lui et pénétra alors dans un espace vestiaire-caisse. Les femmes devant lui déposaient leurs sacs au vestiaire, tandis que les hommes payaient leur entrée. Luc les dépassa pour franchir une deuxième porte. Richard, le gérant de la boîte de nuit vint à sa rencontre. Ils s'installèrent au bar où Luc commanda un verre.

- Comment vas-tu ? demanda Richard.
- Bien.
- T'as pas l'air.
- La musique n'est pas terrible, fit remarquer Luc.
- Les jeunes aiment.
- Dis tout de suite que je suis vieux !
- Paraît que quand tu vieillis, tu deviens de plus en plus con aussi.
- Je veux bien te croire, fit Luc en le détaillant.

L'autre se mit à éclater de rire puis but une gorgée de bière avant de poursuivre :
- Alors, quoi de neuf ?
- J'ai réintégré la BSU.
- C'est une bonne nouvelle, fit Richard.

Richard était un homme mince, aux cheveux argentés qui avait fait fortune en ouvrant l'une des premières boîtes de nuit dans la capitale. C'était également un danseur averti. Il maîtrisait parfaitement le fox trot, la valse tahitienne et également le rock.

Il connaissait Luc depuis l'âge où ce dernier s'était mis à fréquenter les boîtes de nuit, *sa* boîte. Sa belle gueule attirait les nanas comme le miel attire les abeilles. Comme les jolies filles attiraient les clients dans sa boîte. C'était bon pour le business. Il l'avait pris en affection : le gamin buvait, mais n'occasionnait jamais de grabuge dans son établissement. En discutant avec lui, Richard avait appris à connaître un peu sa vie : un père alcoolique qui n'hésitait pas à le frapper. Richard avait vite découvert que le gamin avait aussi une addiction : le *paka*.

Quand il l'avait su, sa déception avait été telle qu'il l'avait dénoncé à la police. Oser trafiquer dans son établissement ! Le gamin avait été arrêté. Cela aurait pu très mal se finir, mais Luc avait eu de la chance. D'abord, c'était une femme à l'accueil qui était de permanence. La policière l'avait simplement mis en cellule de dégrisement pour passer la nuit. Richard pensait que la belle gueule du gamin avait incité la policière à la clémence. Le lendemain, Luc avait encore eu de la chance, car c'était Philips, le cousin de Molly qui lui avait ouvert la grille. La nuit avait été décisive pour lui. Cette nuit-là, il avait semblait-il décidé de passer de l'autre côté. Un flic n'était rien de plus qu'un voyou qui avait mal tourné.

Richard lui parla des dernières péripéties de la boîte : un client un peu soûl qui avait molesté une femme pendant une danse, une adolescente qui avait vomi sur la piste, la porte des toilettes taguée, le distributeur de préservatifs saccagé et il finit par les jeunes qui dealaient de l'ice. À ce moment-là, Luc dressa l'oreille. Cela faisait des mois que sa brigade avait essayé d'identifier quelques dealers sans résultat.

- Merde, Richard, tu aurais dû nous le signaler, fit Luc contrarié, se doutant que si Richard ne l'avait pas appelé c'est que sans doute, il craignait pour la réputation de son établissement.

- Écoute, je le ferai la prochaine fois, mais je ne pense pas que ça se reproduira. Moana a fichu une sacrée trouille au jeune, il ne va pas remettre les pieds de sitôt ici. Et puis, crois-moi, ce gosse ne t'aurait rien appris. C'était sûrement un fils à papa qui voulait faire genre…

- Fais chier, Richard. Tu te goures complètement. Ceux

qui trafiquent l'ice sont les gosses de riches. Ils n'ont pas la tête de l'emploi. Tu sais combien ça coûte un gramme d'ice ? Tu le sais ? Eh bien, ce n'est pas le Tahitien moyen ou pauvre qui peut se payer cette saloperie. Ce sont les demis ! Eux, ont le fric pour acheter cette merde !

Luc vida son verre cul sec et le posa brutalement sur le comptoir. Il fit un signe au serveur pour en avoir un autre. Richard ne pipa mot conscient qu'il n'aurait jamais dû aborder la question avec Luc. Ce qu'il ne pouvait avouer au gamin c'est que justement, cette population-là était sa meilleure clientèle : elle payait rubis sur ongle une à trois bouteilles par soirée et venait presque chaque week-end. Par les temps qui couraient, il ne pouvait pas cracher dessus. La clientèle avait beaucoup changé. L'époque où on se faisait beau et s'habillait pour sortir était révolue. Aujourd'hui, les noctambules étaient débraillés et en tennis !

Bon, il savait ce qu'il pouvait dire par contre pour calmer la colère sourde de Luc.

- Elle était là la semaine dernière, dit Richard comme s'il parlait à son verre.

Il ne précisa pas de qui il parlait, mais Luc comprit.

- Seule ? demanda Luc, qui regardait les danseurs sur la piste.
- Oui, elle vient toujours seule et elle repart seule aussi, précisa Richard.

Luc soupira.

- Quand ?
- Le vendredi ou le samedi, parfois en semaine. Elle débarque à minuit ou à deux heures du matin. Elle reste une heure ou deux, et repart. Qu'est-ce qu'elle a ?

- Comment je peux savoir? Elle a peut-être du mal à trouver le sommeil.

- Adrian? lâcha Richard laconique près de son oreille afin de mieux se faire entendre.

Luc hocha la tête en signe d'assentiment. Richard eut un air affligé.

- Elle t'a parlé? voulut savoir Luc.

- Siu ne me parle pas. C'est moi qui lui parle, elle écoute comme d'hab. Avec elle, tu ne peux pas lui tirer les vers du nez. Elle m'a dit aussi que la musique était nulle! Comme si les gens venaient ici pour écouter de la musique!

Luc rit.

- Bon, faut que j'y aille, fit Richard en terminant son verre. Le devoir m'appelle. T'as une touche. Une jolie brune n'arrête pas de te zieuter depuis que tu t'es assis au bar… Elle n'est pas mal du tout. Assise au fond à deux heures.

Luc se retourna lentement et regarda dans la direction. Richard lui tapota le bras avant de se diriger vers l'autre bar. Luc termina son verre sans se presser. Personne ne l'attendait chez lui. Il commanda un autre verre et se tourna face à la piste de danse pour regarder les danseurs. Il croisa le regard de la femme et ils se sourirent. Peu après, Vahinerii le conduisait chez lui, car il avait trop bu pour conduire. À peine la porte refermée, des mains le déshabillèrent, et des lèvres l'embrassèrent. Il accepta avec reconnaissance l'étreinte charnelle, la porta jusque dans sa chambre et la posa délicatement sur son lit. Il retira sa couronne de fleurs de *tiare* que beaucoup de femmes portaient aux occasions spéciales. Vahinerii était excitante, le désir devint impérieux. Il ferma les yeux tandis qu'il tendait la main pour la toucher. Toujours les yeux fermés, il caressa son corps voluptueux, mais c'était une autre femme qu'il voulait atteindre.

La Poupée

Adrian. Plonger dans le passé avait un effet dévastateur. Elle était en sueur, et son oreiller était humide de larmes. Elle sortit prestement de son lit, et enfila son peignoir. Elle se dirigea vers la salle de bain, évita de croiser son regard dans le miroir. Elle se rinça le visage et but un grand verre d'eau. Son cœur battait encore follement dans sa poitrine. Elle se força à respirer lentement et sentit son corps contracté se détendre. C'était dimanche, et elle voulait en avoir le cœur net sur certaines choses.

La maison de Pascal Faure était déserte. Tant mieux, Charlène n'aurait pas à répondre à leurs questions. Elle avait la clé de la maison de Dina. Odeur suffocante à l'intérieur.

Elle se rendit dans la chambre de Dina. L'équipe de ménage n'était pas encore passée. Le sang séché formait des taches noires sur le sol. Elle enfila une paire de gants et commença à inspecter les tiroirs, la penderie, le meuble de chevet. Elle ne trouvait rien de significatif. Elle ne s'attarda pas puisque ses collègues avaient déjà fouillé la pièce de fond en comble le jour du meurtre. Elle avait l'impression de violer l'intimité de cette femme. Les vêtements étaient de qualité moyenne, beaucoup de robes en paréo, ces robes larges et longues que portaient les missionnaires au début du siècle dernier, des culottes et des soutiens-gorges en coton.

Une penderie qui trahissait le désintérêt de Dina pour son apparence. Confirmé par l'inspection de sa salle de bain. Un pot de crème acheté en grande surface, marque L'Oréal, pas de parfum ou d'eau de toilette, un déodorant trônait à côté du lavabo, près d'un verre en plastique contenant sa brosse à dents usée et un tube de dentifrice à moitié entamé.

Le bureau de Dina avait déjà été vidé par Arii. Dans le salon, elle lut tous les titres des livres qui y étaient alignés. Elle ouvrit un placard et découvrit quelques albums photo sur une étagère. Elle les consulta un à un, beaucoup des photos représentaient sa fille Irénia. Bébé, enfant, petite fille, et enfin adolescente. Irénia jouant au violon, au piano, à la piscine. Une photo la montrait osseuse et maigre dans son maillot de bain. Elle semblait n'avoir que la peau sur les os. Sur les autres, c'était une enfant habillée en tricot longues manches, et en legging. Un regard de hibou, une mâchoire large et des grandes dents. L'adolescence n'avait pas arrangé son visage marqué par les boutons d'acné. Elle les regarda toutes et un malaise l'envahit petit à petit tandis qu'elle feuilletait l'album.

Elle alla dans la chambre d'Irénia, ouvrit de nouveau la penderie et fouilla sous le tas de linge soigneusement plié. Elle trouva une petite boîte à bijoux. À l'intérieur des bijoux en or sertis de petites pierres précieuses tels que des rubis ou des émeraudes : chaînes, bracelet, boucles d'oreilles. Le contenu était impressionnant.
Les fameux cadeaux auxquels Luc avait fait allusion la veille. Les cadeaux des amants d'Irénia.

Elle remarqua alors les sacs plastiques par terre et se rappela ce que Valérie lui avait dit à propos de Dina voulant se débarrasser de vieilles affaires. Elle en ouvrit un, quelques vêtements pliés et propres. Elle regarda dans l'autre. Ce dernier était manifestement destiné à aller à la poubelle. Vieilles cartes de jeux, téléphone cassé, ustensiles de cuisine roses en plastique, vieux cahiers d'exercices, tirelire éventrée, et quelque chose coincé au fond.

Une jambe désarticulée, un pied sans chaussure.

Elle tendit la main, tira sur le petit pied et extirpa une vieille poupée Barbie.

Un bras arraché, l'autre coupé grossièrement, une jambe disloquée formant un angle bizarre.

Le plus surprenant était le visage écrasé et gribouillé, les cheveux coupés à ras sans aucune recherche esthétique.
Un morceau de plastique torturé.

- Une poupée ? fit Arii en écarquillant les yeux. C'est une blague, Charlène ?

En ce lundi matin, ils recoupaient leurs informations pour faire le point sur ce qu'ils savaient ce qui permettrait de décider des suites à donner à l'enquête.
Je suis allée hier dans la maison de Dina, lâcha Charlène craignant de se faire incendier par Morvan. J'ai trouvé ça dans la chambre d'Irénia.

Charlène regarda Morvan. Seule une femme pouvait comprendre que la propriétaire de la poupée avait de sérieux problèmes.
- Vous pensez comme moi, cap'taine ? demanda Charlène.
- La probabilité qu'il y ait un enfant victime d'abus sexuel est de 90 %, répondit Morvan, à qui appartenait-elle ?
- Vous pensez qu'Irénia Barrey a été victime d'abus sexuel ?
- Tout semble l'indiquer en tout cas, fit Charlène.

À ce moment-là, Arii mentionna SOS Vahine. L'information ajoutait encore du poids à leurs suppositions. Une nouvelle piste encore à exploiter.

- Rendez-vous sur place avec une photo de Dina Faure, dit Morvan. Essayez de découvrir le rapport entre Dina, SOS Vahine. Luc, vois si la femme de Barrey a un alibi.

Morvan confia à Arii le soin d'éplucher les appels de Dina, ceux de son téléphone fixe, mais aussi de son portable. Arii remonta à six mois. Bingo : depuis trois mois, Dina appelait régulièrement un numéro de portable et la conversation durait un long moment. En étudiant ses relevés bancaires, il découvrit qu'elle retirait de l'argent régulièrement de son compte : vingt mille francs chaque semaine.

- J'ai besoin de connaître le propriétaire d'une ligne de téléphone.
- Quel numéro ?
- 87 22 63 51
- Ok, attends une minute… désolée, je n'ai rien !
- Tu en es sûre ? Tu as fait le bon numéro 87 22 63 51 ?
- Oui. Je recommence… 87 22 63 51. Je n'ai aucun résultat. Cela veut dire que la personne n'est pas abonnée. Elle doit avoir une carte Vinicard prépayée.
- Il n'y a aucun moyen de trouver le nom de cette personne ?
- Non c'est impossible.
- Bon. Merci d'avoir essayé.
- D'accord, désolée de n'avoir pas pu aider.

Dina était en contact depuis trois mois avec SOS Vahine, et elle retirait toutes les semaines de l'argent : vingt mille francs par semaine. À qui était destiné l'argent ? La réponse se trouvait forcément chez SOS Vahine.

Arii informa immédiatement Morvan qui chargea Siu de suivre la piste.

Charlène gara sa voiture dans un parking. Elle fit quelques pas dans la rue et arriva devant une porte très discrète avec sur la porte en bois, une feuille de papier imprimée « SOS Vahine » suivi d'un numéro de téléphone fixe et celui d'un portable. Elle frappa à la porte puis tourna la poignée. Elle entra dans une petite pièce où était disposées des chaises et une petite table, contre le mur il y avait une bibliothèque bien fournie. Une femme apparut dans l'encadrement d'une porte. Elle était grande et ronde, une Tahitienne au visage avenant, des yeux en amande, un chignon sur la tête.

- Bonjour, je suis l'inspecteur Charlène Siu. On vous a appelé vendredi dernier. Nous enquêtons sur un homicide. La victime a fait votre numéro la veille de sa mort.

Siu sortit une photo de Dina et le lui tendit. La femme la reconnaissait.

- Oui, bien sûr, elle venait avec une de ses élèves.

Une élève. Elle se rappelait maintenant que Luc avait mentionné le fait qu'elle s'était intéressée à une élève en grande difficulté.

- Vous devez me dire tout ce que vous savez. Cette femme a été tuée, il est possible que son meurtre soit lié à cette enfant. Qui était cette élève ?

La femme réfléchissait comme si elle cherchait par quoi elle devait commencer ou à la meilleure façon de présenter les choses. Finalement, elle eut l'attitude de quelqu'un qui retenait sa respiration avant de plonger sous l'eau.

- L'enfant était en pleine dépression, car son beau-père la violait depuis plusieurs années. Elle n'avait personne à qui se confier et avait surtout peur des réactions de son entourage si elle parlait de ce qu'elle subissait. Elle nous l'a donc envoyée. Nous avons une psychologue prête à aider toute personne en détresse.

- La jeune fille n'a pas porté plainte, s'étonna Charlène.

La femme secoua la tête.

- Souvent, les victimes ne souhaitent pas entamer une procédure judiciaire.

- Quand Dina Faure est-elle venue la dernière fois ?
- La semaine dernière. Elle venait le mercredi après-midi après ses cours.
- Je voudrais son nom.

Charlène crut qu'il fallait encore la persuader pour avoir cette information, mais la femme se dirigea vers un agenda posé sur un bureau. Elle ouvrit un tiroir et sortit une fiche cartonnée.

- Elisa Avae. Je peux vous donner son adresse et son numéro de téléphone.

Siu observa le numéro de téléphone, c'était un numéro de Vinicard, Elisa Avae était probablement la personne que Dina appelait régulièrement ces dernières semaines.

- C'est parfait, merci. Élisa a-t-elle parlé à d'autres personnes de ce qu'elle subissait ?
- Je suis sûre que non, elle avait une telle honte de ce qui s'était passé et redoutait d'en parler.
- Est-ce vous qui avez répondu au téléphone lundi ?
- Non, je ne suis pas là le lundi, seule la psychologue est présente ce jour-là.

Siu décida de trouver Elisa Avae tant que la piste était chaude.

Elisa Avae balança son sac à dos sur l'épaule et grimaça, car il était lourd. Elle avait vraiment chaud sous son maillot de bain. Elle n'avait pas su quoi répondre lorsque les copines en sortant de la douche lui avaient demandé pourquoi elle portait toujours un maillot une pièce sous ses vêtements. Ses camarades la trouvaient bizarre à cause de ça. Quelle idée de s'habiller comme ça alors qu'il fait si chaud ! L'autre jour quand Jeanne a fait son saut en hauteur et qu'elle avait levé le bras, son tricot s'était relevé et tout le monde avait vu ses *titi*.

Et en gym, on pouvait voir la culotte malgré le short quand on faisait certaines figures. Elle n'aimait pas qu'on voit son corps. Ça fait honte. Elle salua ses copines et sortit du collège pour sa pause déjeuner.

Elle devait vite manger parce qu'il y avait ce poème à apprendre. Elle n'aimait pas du tout la remplaçante de Mme Faure. Du coup, elle eut envie de pleurer. Si elle n'avait pas écrit cette rédaction peut-être que Madame n'aurait pas posé des questions sur elle et sa famille, et alors, peut-être qu'elle ne serait pas morte. Qu'allait-il lui arriver maintenant ? Son beau-père lui faisait vraiment peur, il allait continuer à lui faire du mal.

- Élisa ?

Une voix l'appelait dans son dos. Elle se retourna et vit une chinoise plutôt grande qui lui faisait signe de l'attendre.
- C'est toi Élisa Avae ? Je suis de la police. On peut discuter un peu, tu es d'accord ?

Elle n'avait pas peur, car la femme était douce et aimable. La police l'avait trouvée. Elle était presque soulagée.

- Oui. C'est à cause de ma prof de français ?
- J'ai besoin que tu m'aides. Tu l'aimais bien, non ? Tu aimerais qu'on arrête son tueur, n'est-ce pas ?
- Oui, fit Élisa qui sentait ses larmes venir pour de bon. C'est vraiment dommage qu'elle soit morte, elle était gentille.
Élisa baissa la tête et fixa le sol. Ses épaules se soulevèrent et Siu comprit qu'elle pleurait en silence. Quand elle releva la tête, elle dit :

- Je ne pouvais en parler à personne, mais Madame est venue me voir. Elle m'a dit que si quelque chose n'allait pas, je pouvais lui parler. Je voulais bien lui parler, à elle. Elle n'était pas comme les autres profs qui pensent qu'on est bête ! Alors, j'ai tout raconté : ce que mon beau-père m'a fait. Elle m'a dit qu'il faut aller dire à la police, mais je n'voulais pas. Alors elle m'a dit qu'elle connaît quelqu'un qui peut m'aider.

- Tu sais qui l'a tuée ?

La petite eut un air farouche. Elle renifla bruyamment et lâcha :

- Je crois que c'est mon beau-père. Un jour, j'ai dit que j'allais tout raconter à ma mère et que j'irai à la police. Il a dit que si je faisais ça, ma mère ne m'aimera plus, car tout le monde saura. Alors, j'ai dit que j'en ai déjà parlé à une prof. Il n'était pas content, il m'a tapée. Je crois qu'il m'a suivie un jour que Madame m'a emmenée voir la psy ou peut-être, il m'a vue avec elle un soir.
- Où est ton beau-père ?
- Il est à la maison, il est pêcheur, mais il ne travaille pas beaucoup.
- Tu veux bien me montrer où est ta maison ? Je te déposerai ensuite devant le lycée, ça te va ?
- Ouais, ok

Quelques minutes plus tard, ils traversèrent le quartier défavorisé de Faaa. Le chemin bitumé avait de nombreux nids de poules. Ils passèrent devant de vieilles maisons délabrées et visiblement pas entretenues, les jardins étaient envahis de mauvaises herbes, et dans un coin, gisaient de vieilles affaires rouillées et décolorées par le soleil. Ils passèrent devant une maison à étages qui n'était pas sans rappeler une maison *paumotu*, car peinte en bleu vif et blanc, avec des colonnes larges sur les terrasses. Un vieil homme était assis devant la porte de sa maison, deux hommes à l'air patibulaire discutaient de part et d'autre d'une clôture. Élisa lui indiqua une maison à un niveau qui avait l'air assez grande et spacieuse, mais comme toutes les autres, mal entretenue. Pour le reste, elle ne pouvait que deviner, car le rez-de-chaussée et le jardin étaient cachés derrière un mur de deux mètres de hauteur, en partie basse, faite de parpaings et en partie haute, d'un grillage doublé d'un treillis afin qu'on ne puisse rien deviner de l'intérieur.

HINA

Luc avait pris l'escalator du marché de Papeete pour se rendre à l'étage supérieur. Là où les artisans tenaient boutique. Il n'y avait pas mis les pieds depuis des lustres. La mairie avait lancé des travaux pour rénover le marché et il convenait que c'était nettement plus joli et propre que dans ses souvenirs. Avant, les artisans ne disposaient que de tables recouvertes de paréos, maintenant il y avait de belles boutiques. On y trouvait beaucoup de bijoux à base de nacre et de perles, mais aussi des sculptures, des objets décoratifs, des accessoires en pandanus. D'après les informations recueillies, Hina Barrey travaillait ici à l'étage. Avant de s'y rendre, il prit soin d'interroger certains artisans à son sujet. C'était une femme sérieuse, souriante, et talentueuse. Elle avait une très bonne réputation et ses créations de bijoux se vendaient bien. Était-elle là mardi dernier le matin ? Le vendeur avait envoyé un client chez elle, mais le client était revenu pour dire que c'était fermé. L'homme lui montra précisément où trouver la boutique. Il reconnut l'enseigne de la boutique et tira sur la porte coulissante qui affichait un panneau « ouvert ». La boutique était minuscule. Dès qu'il entra, une femme lui dit bonjour et lui sourit, postée derrière un petit comptoir-caisse. Elle devait avoir une trentaine d'années. Elle était menue, jolie, une belle vahiné avec une fleur de *aute* rouge à l'oreille.

- Bonjour. Je ne viens pas pour acheter un bijou. Je suis agent de la DSP et j'ai des questions à vous poser à propos de Dina Faure.

- Je ne connaissais pas du tout Dina Faure, je ne l'ai même jamais vue !

- C'est difficile à croire.

- Jamais. C'est la vérité.

- Que faisiez-vous mardi dernier entre 10h et midi.

- J'étais ici comme d'habitude.

- Curieux, votre collègue là-bas m'a dit le contraire.

Hina resta muette un moment. Le policer la regardait sans rien dire et elle se sentit étrangement menacée. Il la dominait de sa grande taille et ses épaules larges. Il semblait remplir toute la pièce de sa présence.

- Non, je n'étais pas là, chuchota Hina.

- Où étiez-vous ?

- J'étais juste partie prendre l'air. J'avais besoin de réfléchir. J'ai pris la voiture et j'ai roulé, roulé un moment. C'est la vérité, je n'ai rien fait d'autre que… de rouler.

- Vous n'êtes pas allée chez Dina Faure ?

- Non ! Pourquoi serais-je allée là-bas, je ne savais même pas où elle habitait. Vous ne comprenez pas…

- Si vous m'expliquez, je pense que je serais capable de comprendre à moins d'être complètement idiot…

Le policier lui sourit. Un sourire craquant qui devait faire chavirer bien des femmes. Elle soupira.

J'ai fermé la boutique pour aller réfléchir parce que je ne savais pas ce que je voulais faire de ma vie. Je me demandais si j'allais quitter Max ou pas. J'en ai juste assez de vivre comme ça.

De larmes montèrent à ses yeux. Elle se cacha le visage dans ses mains. On ne savait jamais ce qui se passait réellement dans un couple.

- Je m'appelle Hina Taero. Ma sœur s'est pendue suite à un abus sexuel….

Taero. Il n'avait pas fait le rapprochement, mais maintenant il se rappelait de l'affaire Roti. Le SMUR avait trouvé un homme âgé chez lui avec deux adolescentes. Apparemment, il venait d'avoir un AVC, mais ce qui était bizarre c'est qu'il était nu au beau milieu de la journée. Le SMUR avait appelé la DSP, car on avait trouvé des traces d'agression sur lui. Les deux jeunes filles avaient été interrogées. Elles avaient alors avoué ce qui s'était passé. Le vieux Roti avait violé l'une d'elles lorsque sa sœur était intervenue et l'avait griffé puis frappé d'un coup violent à la tête. Tout à coup, il était tombé au sol, inanimé. Elles avaient pris peur, mais avaient eu le réflexe d'appeler les secours.

L'homme était décédé dans l'ambulance. Affaire en huis clos comme c'était toujours le cas quand il s'agissait de mineures. Légitime défense. Plusieurs mois plus tard, la sœur agressée s'était pendue.

L'autre sœur avait fait un séjour dans le tristement célèbre hôpital psychiatrique de Vaiami.

- J'ai rencontré Max peu après ma sortie de Vaiami. Je pensais que j'allais enfin connaître une vie normale, avoir tout ce que les autres avaient. Je voulais fonder une famille à moi, mais Max n'a jamais voulu. Je ne lui ai jamais dit la vérité sur moi, je ne voulais pas qu'il sache. Je voulais…

- Une nouvelle vie.

- Oui. Je voulais une maison à nous où nos enfants grandiraient. Mais tout cela m'a été refusé, j'ai attendu, et puis… l'amour s'est enfui. Pour toujours. Je n'ai pas tué Dina. Je sais la valeur d'une vie. Je n'aurais pas pu ôter la vie de quelqu'un, même à mon pire ennemi, même à Dina malgré tout le mal qu'elle nous a fait. Au fond, elle n'y était pour rien, j'ai juste fait un mauvais choix.

Une sonnerie retentit et Luc sortit son téléphone portable de sa poche. C'était Charlène. Ils parlèrent à peine une minute puis il dit à Hina :

- Vous devez vous rendre au commissariat pour faire votre déposition. Ne vous inquiétez pas, on ne parlera pas de votre passé.

Luc se tourna vers la porte, mais celle-ci s'ouvrit devant Maxime Barrey qui le regarda avec surprise et effarement.
- Qu'est-ce que vous faites ici ?
- J'allais partir, fit Luc ignorant sa question. Au revoir, madame. N'oubliez pas de passer. Le plus tôt sera le mieux.

Hina lui adressa un signe d'acquiescement. Max s'approcha d'elle.

- Qu'est-ce qu'il voulait ?
- Savoir ce que je faisais le jour où ton ex a été assassinée.
- Et tu étais où ? demanda Max d'un ton léger.
- Je vais te quitter, répondit Hina.

Elle ne savait pas, jusqu'à ce que les mots soient prononcés, que c'était ce qu'elle voulait. Elle voulait en finir avec les cauchemars, les discussions à n'en plus finir. Plus envie de l'entendre dire : je n'ai jamais dit ça. Non, bien sûr, qu'il ne le disait pas, mais il le sous-entendait. Elle ne ferait pas une bonne mère alors pourquoi avoir des enfants ; elle n'était pas intelligente pourquoi voulait-elle retourner à l'université perdre son temps ; elle n'était pas une artiste alors elle ne méritait pas d'avoir les outils pour créer elle-même ses bijoux. Comment avait-elle pu supporter tout ça ? Les rares fois où elle invitait ses amis ou sa famille chez eux, elle sentait bien que cela le contrariait : ils sont bruyants, ils n'ont pas de conversations intéressantes, ils sont malpolis et grossiers. Un jour, il était resté dans son bureau, ne venant même pas accueillir ou discuter un moment avec ses amis. Petit à petit, elle n'avait plus invité personne, évitant ainsi d'être gênée par son comportement. Ils n'avaient rien en commun et même plus d'amour pour aplanir les différences.

- Je sais que tu n'étais pas heureuse, mais tu ne dois pas prendre des décisions comme ça sans m'en parler.

Voilà, il allait encore essayer de l'embobiner avec sa façon de parler bien *popa'a*, raisonnable et intelligente contrairement à elle qui avait envie de hurler *titoi,* connard. Non, se calmer, en finir calmement.

- Sans te parler, dit Hina le souffle coupé. Combien de fois, je t'ai parlé, supplié même, mais tu n'as jamais voulu rien entendre.
- Tu dis n'importe quoi. Si tu t'en vas, c'est pour toujours.

Encore une menace voilée. Elle avait compris qu'ils ne construiraient jamais leur maison et qu'elle vivrait toujours chez Lui car c'était Chez Lui puisqu'il payait le loyer, les factures de téléphone et d'électricité, etc. … Hina devrait être contente et reconnaissante de pouvoir se loger à l'œil. Elle pensa au fait qu'elle ne supporterait plus de s'allonger près de lui soir après soir.

- RIEN ne me fera changer d'avis. Et je ne veux rien de toi. Est-ce que tu as bien compris ?

Sa haine était féroce et palpable. Un jour, il lui avait même dit qu'il avait l'impression qu'elle l'avait amputé de sa fille. Amputé ! Il ne savait pas ce que c'était que de perdre une personne qu'on aime.

Quand Luc arriva sur les lieux selon les indications que Charlène lui avait données par téléphone, elle lui raconta brièvement ce qui l'avait amenée devant ce portail. Un cadenas verrouillait le portail fait en tôles. Luc frappa plusieurs fois. Un homme finit par sortir. C'était un grand gaillard assez costaud, torse nu. Ils se présentèrent et demandèrent à entrer. L'homme ouvrit à contrecœur.

- Que faisais-tu mardi dernier ?
- Pourquoi ?
- Nous enquêtons sur un meurtre et si tu ne veux pas qu'on te mette en garde à vue, tu ferais mieux de répondre à nos questions ici et tout de suite.

L'homme le défia du regard, il se tourna vers Luc.

- J'étais ici.
- Ah oui ? Tu n'es pas allé chez Dina Faure à Vaimea ?
- C'est qui ? Je ne la connais pas.
- La prof d'Élisa.

L'homme ouvrit la bouche puis la referma.

- Élisa nous a tout raconté, martela Luc, tout.
- Ok, je sais qui elle est, mais je ne l'ai pas tuée ! Je ne sais même pas où elle habite !
- Tu l'as suivie un jour pour savoir où elle habite et tu es revenu la tuer parce que tu avais peur qu'elle aille tout dire à la police.
- Non, c'est pas ça ! C'est vrai, je l'ai suivie une fois. Mais c'était pour parler, j'suis pas con, je ne veux pas aller en prison.
- Ah bon ? Tu voulais lui parler de quoi ? De littérature ? Moi je pense que tu voulais lui faire peur, la menacer et que la dame ne s'est pas laissée faire alors tu l'as tuée.

L'homme secouait la tête dans tous les sens pour protester, se prenait la tête entre les mains, se frottait la barbe.

- J'ai rien fait, murmura-t-il.

Siu observait tout : les assiettes sales dans l'évier, les cannettes de bière vides dans un carton, l'odeur de renfermé, un paquet de tabac sur la table. Elle s'approcha très près de lui jusqu'à sentir les relents de bière de son haleine :

- Tu penses que tu peux dire que tu n'as rien fait de mal après tout ce que tu as fait subir à Élisa? C'est quoi ton excuse, tu étais ivre, tu taffais, tu ne savais pas trop ce que tu faisais, elle était consentante, elle aimait ça?

L'homme avait reculé. Il était grand, mais Charlène aussi était grande et sa voix glaciale était coupante comme le rasoir. Luc intervint.

- Qu'est-ce qui s'est passé?

- Je lui ai dit que j'aimais pas ce qu'elle faisait. Elle a dit que je devrais aller en prison, mais que c'était Élisa qui ne voulait pas. Alors elle m'a dit qu'elle me paierait si j'arrête de la toucher sinon, elle me dénoncera elle-même. Je jure c'est la vérité! Je ne l'ai pas touchée après! Pourquoi j'irais la tuer? J'suis pas un assassin.

- Non, juste un violeur et un maître chanteur ajouta Charlène d'une voix dure.

- Je n'ai rien demandé moi, c'est elle qui voulait me donner du fric! protesta l'homme.

- Alors tu vas nous dire où tu étais mardi si tu n'étais pas là-bas, demanda Luc

- Oui, oui, attendez, je réfléchis! Ah ouais, je me rappelle, j'suis allé chez mon collègue, il avait un problème avec sa voiture et comme j'suis un peu mécano, j'ai dit que j'irais l'aider. Je suis resté chez lui toute la journée.

Luc nota le nom et l'adresse de son ami. Il essayait de garder son calme alors qu'il était furieux. Quand ils sortirent, le vent les fouetta, le temps s'était assombri. L'humeur de Luc aussi.

- Bordel Charlène, ça ne va pas non? Non seulement, tu as interrogé une mineure sans le consentement des parents, mais en plus, tu viens directement ici pour interroger un suspect. Tu lui es rentré dedans! Tu aurais fait quoi s'il avait voulu te cogner?

Il n'était pas misogyne, mais il doutait que les femmes fussent capables de faire un boulot de flic. Quand son partenaire était une femme, malgré lui, il tentait de la protéger même si elle était capable de se défendre. Avec l'expérience, il avait observé que dans certaines situations, certes, une femme pouvait être bien perçue, mais parfois, l'inverse aussi était vrai.

- Je ne pense pas qu'il aurait eu le courage, répondit Charlène le visage dur. C'est un lâche qui préfère s'en prendre à plus faible que lui. De toute façon, ce n'est pas le tueur : il n'aurait pas pris le risque de prendre une douche après le meurtre. L'assassin est un proche de la famille qui connaissait les lieux et les habitudes de Dina.
- C'est aussi ce que je pense. Il n'y avait pas de voiture dans le garage, juste un scooter. Il n'aurait pas pu y aller sans se faire remarquer. De plus, il n'avait plus aucune raison de la tuer si elle le payait.
- Il faut que je retourne parler à la psychologue.

La psychologue, Anthéa Leroy, était une petite femme avec des cheveux gris coupés courts, une paire de lunettes sur le nez, des pommettes rondes, au milieu d'un visage débonnaire.

- Dina est venue plusieurs fois accompagner Élisa pour sa séance, n'est-ce pas ?
- Oui. Une fois par semaine depuis quelques mois.
- Que faisait-elle pendant ce temps ?
- Elle s'asseyait là où vous êtes et lisait les ouvrages de notre bibliothèque.
Siu s'approcha de la bibliothèque, il y avait des centaines de livres, d'essais, de magazines également.

- Savez-vous lesquels ?
- Non, je suis désolée. Je n'ai jamais fait attention à ce qu'elle prenait. En général, je ne la vois que quelques minutes avant ou après la séance.
- Lui parliez-vous ?
- Oui parfois.
- De quoi parliez-vous ?

- Nous évoquions son travail, mais elle m'a surtout posé des questions concernant les jeunes filles ou femmes que nous recevons ici. Elle semblait vraiment intéressée surtout par le suivi psychologique et leur devenir.

- Vous a-t-elle parlé de quelqu'un en particulier ? Vous donnait-elle l'impression que quelqu'un dans son entourage aurait besoin de vous ?

Charlène pensait encore à la poupée qu'elle avait trouvée.

- Non pas vraiment. Je me rappelle qu'un jour, elle m'a demandé s'il était possible qu'on souffre d'amnésie, qu'on oublie complètement un épisode d'abus sexuel.

- Et c'est le cas ?

- Oui parfois. Nous appelons cela l'amnésie traumatique. Voyez-vous, lorsqu'une personne subit un viol ou une agression sexuelle, elle ne peut oublier ce qui s'est passé. Le temps n'arrange rien quant aux conséquences.

- Les sentiments refoulés reviennent à la surface un jour ou l'autre…

- C'est exact. Le refoulement est une manière de survivre à l'insupportable. Mais souvent, les victimes décrivent ensuite des souvenirs qui reviennent peu à peu, des flashes, des cauchemars.

- Que ressentent-elles et comment réagissent-elles face à cela ?

- Ces femmes qui ont été agressées sexuellement ont peu d'estime pour elle-même. Elles vont par exemple souvent accepter des relations dégradantes et humiliantes sans vraiment arriver à sortir de cette situation, sans en comprendre la raison.

- C'est à vous qu'elle a parlé la veille de sa mort. Vous rappelez-vous votre dernière conversation ?

- Oui, elle voulait savoir le délai de prescription pour une personne coupable d'abus sexuel, et si la victime devait témoigner devant le juge. Mais vous savez tout cela.

- Tout dépend de l'âge de la victime, répondit Charlène, du moment où se sont déroulés les faits. S'il s'agit d'un viol, c'est vingt ans à compter de sa majorité pour porter plainte. Vous a-t-elle précisé s'il s'agissait d'une mineure ?

- Non, elle ne m'a donné aucune information concrète. Je lui ai donc dit qu'il est nécessaire que la victime se fasse connaître…

- Après la plainte, il y aura enquête et elle devra témoigner devant la cour d'assises.

Le cerveau en ébullition, elle remercia la psychologue. Elle était certaine maintenant que Dina avait menacé un homme dangereux.

Au commissariat, Charlène sentit une ambiance particulière. Arii avait fait une découverte majeure. Il avait vérifié les comptes bancaires de Pascal Faure et était impatient de partager les informations.

- J'ai découvert des retraits d'argent importants, mais aussi des voyages réguliers en Thaïlande. Après quelques coups de fil, j'ai appris qu'il effectuait ces voyages afin de renouveler une qualification de pilote. Je suis allé voir Georges Payet pour le questionner à propos de ces voyages…

Arii fit une petite pause pour être sûr que tout le monde l'écoutait attentivement.

- Accouche, fit Luc, on est tout ouïe !

- Vous saviez que les pilotes passent des examens médicaux réguliers ? Une visite médicale tous les ans, ou tous les deux ans selon leur âge. Pascal et George doivent aussi renouveler leur QT, Qualification de Type, et leur IFR, Règlement de vol aux Instruments, à Bangkok sur simulateur de vol, une fois par an.

- Je ne vois pas le rapport, fit Luc.

- Attendez, j'y viens. Là-bas, les pilotes fricotent tous, mariés ou pas, avec des thaïlandaises. Tous sauf Pascal Faure. Il aimait la chair, mais plus jeune. Un soir, Georges a vu Pascal en compagnie d'une fillette d'une dizaine d'années. Il l'a surpris plusieurs fois achetant des bijoux et il pense que c'était des cadeaux.

- C'est une découverte énorme, fit Morvan. Bravo. Mais tu es sûr de ta source ?

- Sûr, fais témoigner tous les pilotes, ils vous diront la même chose ! Et j'ai gardé le meilleur pour la fin. J'ai fait comprendre à George Payet que son collègue va tomber pour avoir forniqué avec des mineures et que lui, risquait d'être inculpé pour complicité ou entrave à la justice. Finalement, il m'a avoué qu'ils n'ont pas joué au tennis le jour du meurtre.

- Quoi ? fit Charlène.

- Pourquoi a-t-il menti ? demanda Morvan.

- Pascal le couvrait auprès de sa femme. Georges Payet a une maîtresse depuis des années. Une double vie.

- L'alibi de Pascal tombe à l'eau, mais cela ne prouve pas pour autant qu'il ait tué sa sœur. Un pédophile n'est pas forcément un tueur, remarqua Luc.

- Et son mobile serait…, commença Charlène.

- Elle aurait découvert le penchant de son frère et menacé de tout dire à sa femme ? suggéra Arii.

- Bon, dit Morvan, admettons que ce soit le cas. Je doute que Pascal Faure puisse craindre quoi que ce soit de la justice française, c'est hors territoire !

- Cela aurait quand même terni sa réputation ici, fit Luc.

- Il me faut des preuves, objecta Morvan.

- Et les résultats des fibres, des cendres, demanda Arii.

- Cela montrera qu'il s'agit du sang de Dina, mais cela ne prouvera que le bout de tissu était à lui donc qu'il était avec la victime au moment des faits. Pour l'arrêter, il faudrait des aveux !

Morvan sentait qu'ils étaient proches de la vérité, du tueur. Elle se tourna vers Arii.

- Demain Arii convoquera les pilotes de la compagnie. Il faut découvrir s'il y a un réseau de pédophilie et si d'autres personnes du *fenua* à part Pascal Faure sont impliquées. Charlène, tu t'occuperas de mettre en garde à vue le beau-père. Tu contacteras aussi les services sociaux pour Elisa Avae. Suivez la procédure ! Vous avez déjà fait une erreur en allant interroger la mineure. J'espère pour vous que la mère ne portera pas plainte. Vous y êtes allés sans me prévenir ! Luc ira sonder Pascal Faure.
- C'est lui, je le sais, dit Arii.
- Rentrez chez vous maintenant, fit Morvan.

Ils se dispersèrent tous convaincus de la culpabilité de Pascal Faure. Il avait un mobile, pas d'alibi. Mais Charlène pensait à ce qu'Anthéa lui avait révélé. Pourquoi Dina lui avait posé ces questions sur la prescription ? Pourquoi tout à coup s'était-elle réconciliée avec sa fille ? Cela avait-il un rapport avec Pascal Faure ? Il y avait des zones d'ombres et elle était bien déterminée à faire la lumière.

LE MEURTRE

Charlène Siu se réveilla au milieu de la nuit. Elle avait les paupières lourdes, mais elle n'arrivait pas à se rendormir. Finalement, elle prit un cachet pour dissiper son mal de tête. Cela faisait une semaine, jour pour jour, que Dina avait été retrouvée morte dans sa maison. Elle enfila sa tenue de jogging pour courir sur son tapis de course. Elle courut une bonne heure, laissant son cerveau s'attarder sur les détails de l'affaire, les reliant, les comparant, se remémorant des conversations, des attitudes.

Il fallait juste remettre dans l'ordre chronologique tout ce qui était arrivé à Dina les derniers jours avant sa mort pour tout comprendre. Elle se mit à la place de Dina. Sa vie. Sa fille, Irénia, la prunelle de ses yeux. Leur différend, et leur réconciliation. Son ex qu'elle méprisait et qu'elle manipulait à sa guise. Son élève Élisa victime d'abus sexuel. Son frère pédophile. Les bijoux. Dina triant les affaires d'Irénia. La poupée disloquée. Le tableau. La psychologue.

Soudain, elle comprit tout.

Exactement comme les pièces d'un puzzle qui trouvent leur place naturellement. Tout devint clair et logique, elle sut qu'elle connaissait la vérité alors qu'elle se séchait après la douche. Elle attrapa un stylo et écrivit les faits comme elle supposait qu'ils s'étaient déroulés. Oui c'était parfait, elle était sûre d'elle.

Les autres se trompaient. Cela n'avait rien à voir avec Bangkok. Mais oui, cela avait un rapport avec la pédophilie. Et il y avait un moyen très simple de le prouver.

Soudain, épuisée, ses paupières qui pesaient une tonne se fermèrent. Elle s'allongea sur son lit et s'endormit.

Pascal Faure avait beaucoup de mal à se concentrer. Les gars de permanence de la salle d'opération lui avaient donné son dossier de vol. Il avait des difficultés à faire les calculs simples qu'il faisait d'habitude pour préparer son vol or il devait donner dans quelques minutes la quantité de carburant qu'il fallait embarquer en fonction du poids des passagers. Il dut s'y reprendre à plusieurs reprises. Il espérait que son copilote ne remarquerait pas son état. Pendant que ce dernier faisait le check de pré vol en tournant autour de l'avion, Pascal rentrait les paramètres de vol dans l'ordinateur. Cela lui occupa momentanément l'esprit. Prendre contact avec la tour de contrôle par radio, lui fit totalement oublier ses préoccupations.

Ce fut seulement lorsqu'ils atteignirent leur vitesse de croisière qu'il put enfin se relâcher vraiment. Il défit ses deux harnais et enleva son casque. Il sortit un magazine qu'il avait acheté dans le magasin de presse de l'aéroport. Il savait qu'il ne pourrait pas lire une seule ligne, mais s'il faisait semblant, son collègue ne lui ferait pas la conversation. Il ne voulait parler à personne. Il était las des conversations grivoises. Parfois il se demandait s'il n'aurait pas mieux fait de choisir un autre métier. Beaucoup se vantaient de leurs conquêtes féminines, la plupart du temps des hôtesses de l'air, de leurs dernières vacances exotiques, ou alors ils exhibaient leurs dernières acquisitions hightech. On bavardait dans le cockpit pour faire passer les heures de vol.

Luc et Charlène descendirent de la voiture et se dirigèrent vers l'arrivée de l'aéroport de Tahiti-Faaa. Une heure auparavant, Luc avait accepté de se rendre d'abord à Vaimea. Charlène voulait récupérer certains objets. Il la vit revenir avec une petite boîte métallique semblable à une boîte à sucre, et un classeur ressemblant à un album de photos.

- Que comptes-tu faire avec ça ? s'étonna Luc en sortant son paquet de cigarettes. Morvan est au courant ?
- Non, j'ai eu une idée hier soir. Tu te rappelles que nous pensions qu'Irénia se prostituait pendant ses études ? Tu m'as dit aussi qu'elle faisait croire qu'elle avait un petit copain.
- J'ai pensé, que peut-être que si elle mentait pour son petit copain, elle pouvait mentir aussi sur les bijoux.
- Elle n'avait pas de bijoux du tout ?
- Si. Arii a aussi évoqué des bijoux à la réunion d'hier.

Elle se tut. Luc tenait le volant d'une main, et de l'autre s'acharnait sur l'allume-cigare.

- Tu crois que ce sont les mêmes, murmura — t-il en allumant sa cigarette.

- Oui.
- Si tu as raison, c'est encore pire que nous l'imaginions, fit Luc d'un air sombre.

Ils appréhendèrent rapidement Pascal Faure qui les suivit docilement. Placé en garde à vue, Luc lui notifia ses droits. Pascal Faure pouvait prévenir une personne, voir un médecin ou demander un avocat. Devant lui, Charlène avait posé un gros carton sur la table qui contenait la poupée désarticulée. Elle y avait ajouté la boîte à bijoux d'Irénia ainsi que l'album de famille de Dina

- Pourquoi m'avez-vous emmené ici ?
- Je voudrais vous montrer quelque chose, répondit Charlène en ouvrant la boîte à bijoux. Vous reconnaissez ces bijoux ?
- Non, fit Pascal.
- Vous n'avez pas même pas regardé. Allez-y, observez-les attentivement s'il vous plaît.

Pascal les regarda brièvement.

- Oui, répéta-t-il. Je les reconnais.
- À qui sont-ils ?
- Ma nièce, répondit Faure sans hésitation.
- Vous en êtes sûr ?
- Oui, tout à fait sûr, fit Pascal Faure. C'est moi qui les avais offerts à Irénia.
- Tous ?

Siu souleva un à un les bijoux, il y en avait plus d'une vingtaine dans la boîte. Pascal acquiesça et précisa qu'il avait offert ce bijou à Irénia quand elle était petite, peut-être pour ses onze ans ou treize ans. Il ne pouvait pas se rappeler, car il en offrait chaque année pour son anniversaire ou lorsqu'elle avait bien travaillé à l'école ou après une compétition où elle était arrivée première.

Il y avait pas mal d'occasions pour la récompenser et il offrait souvent un bijou.

- Vous vous occupiez plus de votre nièce que de votre fille, n'est-ce-pas ?
- Ma fille m'avait, alors que ma nièce n'avait plus de père.
- Eh bien, d'après ce que nous avons pu comprendre, votre famille et vous avez tout fait pour que Maxime Barrey sorte de sa vie.
- S'il avait vraiment voulu s'en occuper, les choses auraient pu être autrement. Je crois plutôt que ça l'arrangeait bien de ne pas avoir de gosse dans les pattes.
- Je comprends, fit-elle pensive puis elle ajouta, c'est pratique de former un clan fermé comme ça on est sûr que les secrets sont bien gardés…
- Secrets, quels secrets ? interrogea Pascal d'un air ahuri.

Elle ouvrit l'album photos et on y voyait une petite fille maigre, en legging et tee-shirt longues manches, des yeux de hibou, la bouche large dans un petit visage, telle une Cosette.

- Vous savez pourquoi votre nièce s'habillait comme ça ?
- Quelle question ! Elle s'habillait comme elle voulait. Qu'est-ce que tout cela veut dire ? Je pensais que vous enquêtiez sur le meurtre de ma sœur, pourquoi vous me parlez d'Irénia ?

Pascal lança un regard à Luc Savage qui resta impassible, les bras croisés, adossé au mur.

- Répondez, dit Luc.
- Je n'en sais rien, fit Pascal d'un ton las. Sa mère accordait très peu d'importance à la tenue vestimentaire. Irénia s'habillait ainsi parce qu'elle était à l'aise comme ça. Elle disait qu'elle avait froid à l'école, car il y avait l'air climatisé dans sa classe. Quant au legging, elle détestait

les robes, car elle disait que les garçons essayaient toujours de regarder sous les jupes…

Charlène et Luc se regardèrent d'un air convenu. Charlène piocha de nouveau dans la boîte et brandit la poupée.

    - Vous savez à qui elle appartenait… non ? À votre nièce. Vous savez ce que cela veut dire ?
    - Vraiment, je ne vois pas où vous voulez en venir avec ces questions !
    - Cela veut dire qu'Irénia se sentait sale, dégradée, souillée.
    - N'importe quoi !

Pascal Faure commençait à se sentir comme une bête acculée. Sa jambe qui bougeait nerveusement témoignait de son stress.

    - Vous avez abusé d'elle quand elle était enfant. Combien de temps cela a-t-il duré ?
    - Ce sont des mensonges, dit Pascal Faure lentement.
    - Et Bangkok ? Les mineures ? Des mensonges aussi ?
    - Vous n'avez aucune preuve.
    - Irénia est prête à témoigner contre vous et sera prête à raconter ce qui s'est passé au procès.

D'abord, Pascal Faure ne dit rien, mais on lisait sur son visage tous les sentiments qui l'animaient : de la colère puis de la peur. Finalement, du remords. À ce moment-là, les enquêteurs surent qu'ils ne devaient pas le lâcher.

    - Dina n'était pas une femme très compréhensive. Il suffit de voir comment elle traitait Max et comment elle a tout fait pour qu'il paie. Elle vous a sûrement menacé, c'est ça ?

Mais Pascal Faure ne répondait pas alors Charlène durcit le ton :

- L'assassin est une personne qu'elle connaissait. Vous êtes allé chez elle. Vous avez discuté, mais le ton est monté. Dina n'avait pas sa langue dans sa poche. Alors vous avez perdu le contrôle et l'avez frappée pour la faire taire.
Luc était prêt à intervenir en cas de besoin.

- Vous avez continué de la frapper encore et encore puis vous l'avez regardée mourir. Vous étiez rouge du sang de votre sœur. Alors, vous êtes allé tranquillement vous laver les mains. Puis, vous avez pris une douche et vous vous êtes changé parce que vos vêtements étaient tout trempés de sang. C'est bien comme ça que cela s'est passé ?
Pascal Faure ne disait toujours rien, mais ses lèvres tremblaient. Il baissa la tête. Elle s'approcha de lui. Il avait des yeux brillants de larmes et le visage couvert de sueur. Il transpirait la peur par tous les pores.

- Que venait-elle chercher dans sa chambre ? Une preuve de ce que vous avez fait à sa fille n'est-ce pas ? Elle vous menaçait et désirait venger sa fille. Alors vous l'avez tuée.

Charlène et Luc attendirent comme on leur avait enseigné à l'école de police. Ne pas trop dire, et laisser le suspect donner les détails afin que la culpabilité ne laisse place à aucun doute. Ils crurent qu'il ne se passerait rien, qu'ils devraient finalement le laisser partir, mais Pascal Faure finit par tout déballer.

- Elle n'arrêtait pas de hurler des insanités sur mon compte. Elle disait que j'étais… méprisable, un porc. C'était de l'amour que j'avais. Elle s'est mise en colère et m'a injurié, m'a humilié. Jamais on ne m'avait insulté de la sorte. Je voulais juste qu'elle cesse de parler… alors, j'ai pris le couteau et j'ai frappé. Mais elle continuait de me regarder avec tellement de haine. Ses yeux me fixaient, m'accusaient toujours… alors j'ai continué de lui planter le couteau partout, pour qu'elle meure vite. Pour qu'elle ne me regarde plus. C'était affreux. Il y avait du sang partout, mais elle ne mourait toujours pas. Sa gorge faisait des drôles de bruits. C'était insoutenable alors j'ai arraché sa langue. Je ne voulais pas faire ça, je regrette…

DEUX ANS PLUS TARD

Les drapeaux de la Polynésie française, de la France, et celui de la CEE flottaient devant le tribunal de Papeete. À l'étage, un journaliste attendait dans le hall du tribunal. Sa caméra était posée à côté de lui sur le banc en bois. Un policier montait la garde devant la lourde porte de la Cour d'Assises, sur laquelle étaient affichées les différentes audiences. Des avocats en toge allaient et venaient dans le hall d'un pas pressé, une sacoche lourde à la main.

La cour d'assises était éclairée par des grandes baies sous le plafond. Au centre sur l'estrade siégeait le président, à ses côtés les assesseurs, et devant le président, était assise une greffière. Dans la salle quelques spectateurs assistaient au procès : des amis, des membres de la famille, la presse également était présente. Ils se tenaient sur le siège en bois à un emplacement spécial. Bien évidemment, il était interdit de prendre des photos ou de filmer à l'intérieur de la cour. À l'entrée, un policier veillait à ce que les téléphones mobiles soient expressément éteints avant que le public n'entre dans la salle. Le procureur ainsi qu'un représentant du ministère public entrèrent eux aussi dans la salle d'audience.

Les rayons du soleil filtrés par les grandes vitres sous le plafond éclairaient parfaitement la salle fermée, faisant briller la barre en aluminium où se tenait le témoin.

Heureusement la salle était climatisée. L'audience se déroulait à huis clos. Pascal Faure était assisté par un avocat.

Tandis que le président présentait les faits concernant la mise en accusation, Pascal avait le visage complètement hermétique. L'audition se passa très vite : quelques témoins, le légiste, et la victime, sa nièce. La plaidoirie de l'avocat général fut particulièrement accablante.

Après les débats, Charlène et Arii entrèrent dans la cour d'assisses, car la décision de la cour elle, était prononcée en audience publique. Le président le déclara coupable d'homicide involontaire et le condamna à une peine maximale de 15 années de réclusion criminelle. C'était ce que les policiers avaient espéré et ils étaient pleinement satisfaits de la sentence prononcée par le juge. Vincent, le journaliste arrivait avec son dictaphone à la main et son appareil photo à l'épaule.

- Qui étaient les témoins à charge ? demanda-t-il à Morvan.

- Notre principal témoin était la nièce de l'inculpé. Cela n'a pas été facile pour elle. Son oncle avait abusé d'elle si bien qu'elle en faisait des cauchemars, voyait des scènes sans savoir si c'était des rêves ou si cela s'était réellement passé.

- Quelles preuves aviez-vous dans ce cas pour confirmer l'abus sexuel ? demanda le journaliste.

- L'inculpé lui avait offert des bijoux pour acheter son silence. La nièce les avait toujours en sa possession. Certaines habitudes de vie, comme la peur du noir ou la peur de dormir seule ont corroboré les faits. Heureusement, en grandissant, l'oncle s'était désintéressé d'elle, quand elle n'a plus correspondu à ses goûts.

- A-t-il été inculpé pour meurtre avec préméditation ?

- Non, pour homicide involontaire, précisa Morvan. La victime avait dit à son frère qu'elle était au courant de ce qu'il avait fait. Il avait voulu savoir ce qu'elle comptait faire de cette information. Il n'avait eu aucune intention de lui faire du mal. Malheureusement Dina Faure avait continué à l'accabler et il avait frappé pour la faire taire. Nous ne saurons jamais ce qu'elle avait voulu aller chercher dans sa chambre.

- Il s'agissait d'une preuve de sa culpabilité ?

- Sans doute, une preuve qui a disparu dans le feu allumé pour brûler ses vêtements tachés de sang. Sa tenue de sport était dans la voiture, donc il avait pu se changer et prétendre avoir fait une partie de tennis comme il avait l'habitude de faire croire à sa famille.

- Donc l'inculpé a tué sa sœur afin qu'elle ne révèle pas sa pédophilie.

- Oui, conclut Morvan qui s'éloigna rapidement pour rejoindre la DSP.

En fait, le capitaine Camille Morvan pensait que Dina Faure n'avait eu probablement aucune intention de dévoiler la déviance de son frère.

Pour deux raisons : la première étant que sa fille Irénia n'avait gardé aucun souvenir des sévices subis, la seconde le délai de prescription était passé. Aurait-elle réellement dénoncé son frère à la justice sachant qu'elle n'aurait pu intervenir ?

Aucun d'eux ne le pensait. Ils étaient tous dans leur bureau à discuter de l'affaire. Iman Wolher les avait rejoints pour connaître la sentence.

- Cela aurait exposé la famille inutilement au scandale, dit Luc. Après le dîner aux roulottes, quand ils avaient chacun regagné leurs maisons, Dina lui avait dit qu'elle était au courant de tout et qu'elle avait une preuve de ce qu'il avait fait. Pascal avait passé une sale nuit à se demander ce qui allait se passer. Il n'y avait qu'à se rappeler de la façon dont Dina avait traité son ex pour savoir qu'il en baverait.

Iman croisa ses gros bras devant sa poitrine :

- C'était sans compter sur la réaction de son frère. Les pédophiles, en général, ont une personnalité dysharmonique : instable et impulsif.

- Tout à fait, acquiesça Morvan. Elle a payé de sa vie.

- Si je comprends bien, dit Arii, Irénia Faure avait refoulé tout ça ?

- Oui, répondit Charlène, elle avait tous les symptômes dans sa vie qui montraient qu'elle avait un malaise, dit-elle. Peindre l'a aidé à affronter et surmonter le traumatisme. Dina avait compris grâce à Élisa et à la psy ce qui était arrivé à sa fille. Elle a donc fouillé dans les affaires d'Irénia et trouvé une preuve accablante. Je pense que cela devait être un journal intime oublié au fond d'un tiroir ou au milieu de vieux jouets. Dina est allée voir sa fille pour vérifier si elle avait raison.

- Mais toi, comment tu l'as deviné ?

- Mon passage à la brigade de prévention de la délinquance juvénile y est pour quelque chose. J'assistais parfois à des auditions de mineurs victimes de maltraitance, mais aussi d'agressions sexuelles. Bref, en voyant les photos d'Irénia, j'ai compris qu'elle cherchait à cacher son corps ; et puis, il y avait la poupée. Vous savez le reste. Les bijoux et ce qu'Arii a découvert sur Bangkok m'a permis de relier les faits.

Le téléphone sonna et mit fin à leur petite réunion. Morvan décrocha. À l'intonation de sa voix, ils surent que quelque chose de grave venait de se passer.

- Une bagarre dans le centre-ville. Un jeune vient d'être roué de coups par deux autres mineurs.

Ils se regardèrent pensant tous la même chose : cela ne ferait qu'aggraver le sentiment d'insécurité dans la zone urbaine. Une inquiétude grandissante qui incitait la population à descendre dans la rue pour manifester contre la violence. Les délinquants étaient de plus en plus jeunes, et les SDF de plus en plus nombreux. Ils avaient du pain sur la planche.

Charlène aurait dû se sentir soulagée, heureuse de voir l'assassin inculpé, mais non. Assise dans son canapé, elle réfléchit à la vie de Dina Faure, à Irénia. Elle ressentait une peine immense, de la pitié. Elle ferma les yeux, essayant de ne penser à rien. En vain.

Après la mort d'Adrian, la solitude lui avait pesé. Pourtant, depuis quelque temps, elle s'était rendu compte qu'elle en souffrait moins. Elle pouvait se rappeler la date de sa mort, se rendre sur sa tombe sans pleurer, mais ressentir simplement de la tristesse. Elle avait commencé petit à petit à vider les étagères de ses vêtements, et s'était retrouvée avec deux fois plus de place dans la penderie. Elle avait laissé dans un coin du garage ses affaires de plongée, ses outils de bricolage. Un jour, elle s'était enfin décidée à mettre dans la machine à laver la serviette de bain et le tricot qu'Adrian portait pour dormir. Quelquefois, elle utilisait son parfum. Elle avait décroché des murs toutes ses photos. Trois jours après, elle les avait toutes remises en place. En retrouvant sa boussole coincée derrière le canapé du salon, elle avait souri. Adrian avait toujours le chic pour laisser ses affaires traîner partout.

Elle posa la main sur le canapé tout en gardant les yeux fermés. Tout à coup, elle les rouvrit. Un son avait interrompu sa rêverie. On cognait à la porte d'entrée. Un coup impérieux. C'était Luc. Il n'attendit pas qu'elle l'invitât pour entrer. Il se dirigea vers le salon. Il faisait les cent pas en attendant qu'elle le rejoigne. Elle ferma la porte, redoutant la conversation qui allait immanquablement suivre.

Luc avait réintégré pour de bon la BSU. Ils n'avaient plus jamais parlé d'Adrian ou de l'accident. Était-il possible que Luc ait gardé des sentiments envers elle comme le croyait Nadine ?

Charlène sentait que Luc la désirait. Certaines attitudes et regards en disent long. Luc lui avait montré tous les signes d'un désir latent. Un désir inassouvi malgré ses nombreuses aventures qui le rendaient malheureux ou en colère comme maintenant.

- Il faut qu'on parle. Cela ne peut plus durer !
- Qu'est-ce qui ne doit plus durer exactement ?

Il s'avança vers elle, le visage fermé.
- Tu pourrais commencer par ne plus porter cette alliance. Si je pouvais, tu sais que j'échangerais ma place pour celle d'Adrian, tu le sais !

Bon sang, qu'est-ce qu'il venait de dire ? Il lut dans les yeux de Charlène qu'elle avait compris le double sens qu'on pouvait donner à ces mots. Oui, il aurait préféré mourir dans l'accident ! Et il la voulait aussi. Était-il fou de se raccrocher à un amour de jeunesse ?

Au lycée, Charlène passait des heures dans le labo photo. Le premier baiser fut échangé dans la chambre noire. Jamais il n'oublierait la sensation qu'il avait ressentie. Dans l'obscurité totale du labo, son parfum l'avait enveloppé. Il l'avait enlacée et sentit son corps s'assouplir comme un roseau dans ses bras. Le baiser avait été maladroit, mais l'avait embrasé entièrement. C'était le moment le plus érotique de son existence. Il y avait eu d'autres baisers. À chaque baiser, le feu avait coulé dans ses veines, il n'avait jamais été plus loin. Son corps était un sanctuaire qu'il n'avait pas osé profaner.

Lors d'une de leurs innombrables ballades sur sa moto, ils avaient fait une petite randonnée jusqu'à un bassin d'eau claire dans la vallée. Ils s'y étaient baignés. Il avait placé sa chemise par terre afin qu'elle s'y allongeât. Il s'était étendu près d'elle, s'enivrant de sa présence jusqu'à en avoir mal en sachant que bientôt elle partirait loin de lui. Il l'avait embrassée doucement, mais quand il avait voulu se détacher d'elle, ses bras l'avaient retenu.

- Fais-moi l'amour, Luc.
- Quoi ? Tu te rends compte de ce que tu me demandes ? Ce que tu me fais ? Tu n'as pas le droit… Tu vas partir, merde !

Il l'avait embrassé brutalement. Elle n'avait pas semblé s'en formaliser, au contraire, elle avait compris comme toujours ce qui se passait en lui, sa rage, sa colère. Pourquoi faisait-elle cela ? Maintenant, c'était une certitude : elle l'aimait. Il l'avait embrassée dans le cou. C'était insensé, dangereux. Il s'était arrêté alors qu'il ne voulait pas s'éloigner d'elle. Elle avait répété « fais-moi l'amour, maintenant ou jamais ». La peau de Charlène était douce et frémissante. Jouir avait été une souffrance et un plaisir à la fois. Il avait eu l'impression que son sperme brûlerait les entrailles de Charlène.

Charlène était là, inaccessible. Banale, mais dégageant une aura qui l'attirait comme un aimant. Charlène. Terriblement triste et seule. Il se sentit déprimé par tant de gâchis d'amour.

- Tu m'en veux, c'est ça ?

Non, pensa Charlène, ce n'est pas ça. Elle pensait que si Adrian n'était pas parti ce soir-là, ils auraient sorti le DVD qu'il aimait et auraient regardé la télé ensemble. Elle se serait pelotonnée contre lui et se serait endormie avant la fin du film. Adrian aurait éteint la télé et le lecteur, puis ils seraient allés se coucher, ses jambes musclées enroulées autour des siennes, son bras à lui autour de sa taille. Accrochés l'un à l'autre toute la nuit.

Si elle avait su qu'elle ne le reverrait plus jamais, elle aurait accepté de changer le carrelage dans la salle de bains pour le vert immonde qu'il affectionnait tant. Du jour au lendemain, sa vie avait basculé. Elle aurait donné n'importe quoi pour passer à nouveau une soirée avec Adrian, une autre nuit, une autre année. Ils auraient élevé leurs enfants, les auraient vu grandir. Les larmes montaient et elle comprit qu'elle ne pourrait pas les contenir.

 - Tu te trompes, Luc, dit-elle. Ce n'est pas après toi que j'en avais. C'était un accident… Tu n'y pouvais rien.

Les larmes se mirent alors à couler sur ses joues. Elle cacha son visage entre ses deux mains, essuya ses larmes. Le jour du crash, elle avait pris la déposition d'une femme enceinte qui avait failli perdre son bébé parce que son mari alcoolisé la battait.

Quand elle était rentrée, silencieuse, Adrian avait deviné sa tristesse. « Une sale journée, hein ? Tu veux en parler ? » Elle lui avait tout raconté, la tête reposant sur son épaule tandis qu'il l'enlaçait en lui caressant le bras.

 - Si tu veux, j'annule la soirée et je reste avec toi ce soir.
 - Ne sois pas bête, ça va passer. Tu dois y aller !

Il savait la consoler, l'épauler, l'encourager et la soutenir à chaque fois qu'elle en avait besoin. Mais elle-même, que faisait-elle pour lui ?
Un dernier baiser et elle ne l'avait plus jamais revu vivant.

 - Le soir où c'est arrivé, il m'avait demandé si je voulais qu'il reste à la maison. Mais j'étais tellement fatiguée… j'ai refusé. Cela m'arrangeait que vous sortiez, car j'avais envie d'être seule. Si j'avais su… C'est de ma faute, Luc !

Elle continuait de parler et sanglotait en même temps, si bien que Luc ne comprenait plus rien à ce qu'elle racontait.

Il sut qu'une digue avait enfin cédé. Il l'enlaça et elle se laissa aller contre son épaule, comme jadis quand ils étaient adolescents et qu'ils avaient foi en l'avenir. Mais il savait que cela ne serait jamais comme avant.

Dorénavant, il y aurait toujours Adrian entre eux.

FIN

Sommaire

Remerciements

L'écriture est un exercice solitaire mais pas la publication ! Aussi je remercie Jean-Luc Bodinier et Api Tahiti éditions pour avoir cru en mon texte ainsi que les écrivains Patrick Chastel et Rosalie Cruchet pour leurs nombreux conseils et relectures.

J'ai une tendre pensée pour Domi qui fut la première personne à manifester de l'intérêt pour mon manuscrit. Où que tu sois Domi, merci pour ta bienveillance et tes encouragements !

Je remercie également la Direction de la Sécurité Publique pour leur accueil, notamment l'agent Christophe Tchoun You Thung Hee, le capitaine Isabelle Mere et le médecin légiste, le docteur Beaumont, qui a bien voulu m'éclairer sur certains détails.

Je dois avouer que je n'arrive pas à croire que je suis en train de rédiger des remerciements pour MON roman ! Je regrette que mon père ne soit plus de ce monde. Je dédie ce livre à celui qui m'a un jour lancé : « Toujours acheter des livres… pourquoi tu n'écris pas plutôt le tien ? ». Je devais avoir une dizaine d'années et je dépensais tout mon argent de poche dans des bouquins. Voilà, papa, c'est fait ! Quelle drôle d'idée tu m'as mis ce jour-là dans la tête !

Enfin, je n'oublie pas mon premier fan, Andy Heimana Yi, qui me poussait à publier dans les années 90. Tu vois Andy ce n'était pas le bon moment, il me fallait deux décennies de plus pour être prête…

Merci, lecteur, de me lire.

Dépôt légal : Deuxième trimestre 2019
Edition - Distribution - Diffusion
'Api Tahiti, BP 3495, 98713, Papeete
Tahiti, Polynésie française
contact : contact@apitahiti.com

Achevé d'imprimer : Juillet 2019
Imprimé par : SP3E Digital
contact.digital.tahiti@gmail.com

www.ingramcontent.com/pod-product-compliance
Lightning Source LLC
LaVergne TN
LVHW050605200726
843508LV00010B/1768